# 古都

川端康成

# 目次


春花 004
尼庵與格子門 032
和服街 064
北山杉 098
祇園祭 130
秋色 166
松綠 202
深秋姐妹 242
冬花 266
後記 300

# 春花

千重子發現，老楓樹幹上的紫花地丁開花了。

「啊，今年也開花了。」千重子邂逅春天的溫柔。

那棵楓樹，對城市裡的小院子而言，真的是巨樹。樹幹比千重子的腰還粗。不過，蒼老的粗糙表皮上長滿青苔的樹幹，自然不能和千重子青春的肉體相比……

楓樹的樹幹，在千重子腰部的高度稍微向右扭，繼而在高於千重子頭頂處大幅右彎。彎曲後伸展婆娑枝葉，占領整個院子。修長的枝椏前端不堪負荷，微微下垂。

大幅彎曲的枝幹略下方，似有兩個小凹洞，從兩個凹洞各長出一株紫花地丁。而且每逢春天便開花。打從千重子記事起，這樹上就已有兩株紫花地丁。

上方的紫花地丁和下方的紫花地丁相距一尺。已屆婚齡的千重子，有時會想，「上方的紫花地丁和下方的紫花地丁，可有相見之時？彼此知道對方嗎？」對紫花地丁而言，所謂的「相見」或「相知」，不知是怎樣。

每年春天大致會開三朵花，最多不過五朵。即便如此，在樹上的小凹洞，還是年年春天發芽開花。千重子從走廊眺望，或者站在樹下仰望時，有時會被樹上紫花地丁的「生命」打動，也有時深感「孤獨」。

「長在這種地方，就這樣活下去……」

來店裡的客人會誇獎楓樹漂亮，卻幾乎無人發現紫花地丁開花。蒼老遒勁的粗大樹幹，直到高處都長滿青苔，更添威嚴和雅緻。寄生在上面的小小紫花地丁顯得太不起眼。

但蝴蝶知道。千重子發現紫花地丁開花時，成群小白蝶低飛過院子，從楓樹樹幹來到花旁飛舞。楓樹也正要冒出淺紅色嫩芽，襯得那些蝴蝶翩然舞動的白影越發鮮明。二棵紫花地丁的葉與花，也在楓樹幹青翠欲滴的青苔上落下微影。

這是個略帶花季特有陰霾的柔和春日。

那些白蝶飛走後，千重子還坐在走廊，看著樹幹上的紫花地丁。彷彿想對花低語，

「今年你們也在那裡如期開花了啊。」

紫花地丁的花下，在楓樹樹根處立著古老的石燈籠。千重子的父親以前曾告訴她，燈籠腳雕刻的立像是耶穌基督。

「不是聖母瑪莉亞嗎？」當時，千重子說，「北野天神[1]也有個大的，和這個很像。」

「這個應該是耶穌基督。」父親乾脆地說。「因為沒有抱嬰兒。」

「啊，真的呢……」千重子頷首。接著問，「我們家的祖先中，有基督徒嗎？」

「沒有，這個燈籠，應該是園丁或石匠搬來放在這裡的。不是什麼稀奇的燈籠。」

這個基督燈籠，想必是以前日本禁止基督教時製造的。用的是粗糙脆弱的石材，因此浮刻的雕像也在歷經數百年風雨後風化剝蝕，如今只能依稀看出頭部和身體還有腿部的形狀。也許本來就是造型簡單的雕刻。雕像的袖子很長，幾乎垂及下襬。似乎雙手合十，可手臂之處只是稍微隆起，看不出具體形狀。不過，和佛像或地藏菩薩的感覺不同。

昔日不知是作為信仰象徵還是當時的異國風情裝飾品，總之這個基督燈

1 北野天神，即北野天滿宮，祭祀菅原道真的知名神社。境內有石燈籠，上面雕刻聖母瑪莉亞，俗稱瑪莉亞燈籠。

籠，如今只是因為古意盎然，才放置在千重子家的店鋪院子這棵老楓樹下。每當有客人注意到，父親就會說「是基督像」。不過，來談生意的客人，少有人發現大楓樹的樹蔭下這個灰撲撲的燈籠。即便發現了，院子有一兩個石燈籠也很尋常，不會仔細看。

千重子發現樹上的紫花地丁開花後，垂眼望向基督。千重子念的不是教會學校，但是為了學英語，她經常上教堂，也讀過《聖經》的新約和舊約。不過，這個古老的燈籠前，似乎不適合放上鮮花或點燃蠟燭。因為燈籠上完全沒有雕刻十字架。

基督雕像上方的紫花地丁，也彷彿是瑪莉亞的心。千重子的目光從基督燈籠又上移至紫花地丁。——驀然間，那讓她想起用古丹波[2]壺飼養的鈴蟲。

千重子養鈴蟲的時間，遠比她發現老楓樹上的紫花地丁晚。是這四、五年才開始的。當時她在高中同學的房間聽到鈴蟲叫個不停，於是討了幾隻回來。

「關在壺裡太可憐了。」千重子說。但同學回答，總比養在籠子死掉好。據說甚至有寺院大量飼養，專門出售蟲卵。看來同好者不少。

千重子養的鈴蟲越來越多，如今已經分裝成兩個古丹波壺了。鈴蟲每年總在七月一日左右孵化，八月中旬開始鳴叫。

不過，鈴蟲在陰暗狹仄的壺中出生，鳴叫，產卵，死去。即便如此，還是維持了物種傳承，或許的確勝過養在籠中只有短暫一代生命，但那真的是壺中一生，壺中就是天地。

千重子也知道，很久很久以前中國有「壺中天地」[3]這個故事。在那個

2 古丹波，日本六大古窯之一，擁有八百多年歷史與傳統的陶器。

3 壺中天地，指《後漢書．方術列傳》的費長房，偶見老翁賣藥，懸一壺於店門口，買賣做完便跳入壺中。費長房遂拜壺翁為師，進入壺中大開眼界。

壺中，有瓊樓玉宇，充滿美酒和山珍海味。壺中也就是超脫世俗的另一個世界，是仙境。那是無數仙人傳說之一。

然而，鈴蟲當然不是為了擺脫世俗塵囂才鑽進壺中。牠們雖在壺中，八成毫無所覺。並且就這麼遵循本能活下去。

鈴蟲最讓千重子驚訝的，就是有時必須把別處的雄鈴蟲放入壺中。如果只讓一個壺裡的鈴蟲互相交配，生出來的幼蟲會瘦小孱弱。這是一再近親結婚之故。為了避免那種問題，鈴蟲同好者習慣交換雄鈴蟲。

現在是春天，不是鈴蟲鳴叫的秋天，但楓樹幹上的凹洞中，今年也如期開花的紫花地丁，令千重子想起壺中鈴蟲，並非毫無脈絡可循。

鈴蟲是被千重子放進壺中，紫花地丁卻又是為何來到如此狹仄之處？紫花地丁開花了，鈴蟲今年也會繁殖鳴叫吧。

「這就是自然的生命……？」

千重子將春日微風吹亂的髮絲挽到一隻耳後。相較於紫花地丁和鈴蟲，

「自己呢……？」

在自然萬物一齊繁衍生命的春日中，看著這渺小紫花地丁的，只有千重子。

店裡那頭傳來要吃午飯的動靜。

千重子著裝打扮去赴約賞花的時刻也快到了。

昨天水木真一打電話給千重子，約她去平安神宮看櫻花。真一的朋友有個學生，在神宮門口打工半個月，負責驗門票，真一說，那個學生說現在正是盛開之時。

「這樣等於派了一個探子盯著，應該是最準確的消息吧。」真一說著低笑。真一的低笑聲很悅耳。

「那個人也會盯著我們嗎？」千重子說。

「他只是守門的。是人人會經過的門衛。」真一又短促地笑了。「不過，妳如果不喜歡，我們就分頭進去，在院中的花下碰面也行。反正那麼多櫻花，就算一個人怎麼看也不可能看膩。」

「既然如此，你一個人去賞花不就好了。」

「那當然也行，不過今晚如果下場大雨，花都凋零了，我可不管喔。」

「那我就欣賞落花風情呀。」

「被雨打落爛成泥的花，也算落花風情？妳知道真正的落花是怎樣嗎……」

「你好壞。」

「到底是誰壞啊……？」

千重子挑了一件不起眼的和服，離開家門。

平安神宮雖因「時代祭」聞名遐邇，卻是為了紀念千餘年前定都於現在這個京都的桓武天皇，於明治二十八年（一八九五年）建造的，因此神殿本身沒那麼古老。不過，神門和外殿據說是仿造昔日平安京的應天門和大極殿。也有所謂的右近橘左近櫻[4]。遷都東京之前的孝明天皇，也在昭和十三年併祀於此。許多人在此舉辦神前婚禮。

最美的是妝點神苑的大片紅枝垂櫻。如今「的確可以說，除了這裡，沒有別處的花足以代表京洛之春」[5]。

千重子一走進神苑入口，紅枝垂櫻盛開的花色便映入眼簾，甚至開滿心底，「啊，今年也見到了京都的春天。」她不由駐足眺望。

不過，真一不知在哪等候？抑或還沒來？千重子打算找到真一再賞花。她走下花樹之間。

真一就躺在那下方的草皮。十指在脖子底下交握，閉著雙眼。

4 右近橘左近櫻，平安宮內的紫宸殿前，東有櫻樹，西有橘樹。由於舉行儀式時左近衛軍靠近櫻樹，右近衛軍靠近橘樹，遂有此稱呼。

5 此句引自谷崎潤一郎的《細雪》。

千重子沒想到真一居然席地躺臥。她很不悅。等候年輕女孩時竟然躺著。比起讓自己被羞辱的失禮，真一席地躺臥的行為本身更討厭。在千重子的生活中，很少看到男人隨處躺臥。

真一八成經常躺在大學校園的草坪上，和朋友或支肘或仰天伸長身子議論風發。他只不過是擺出平時那種姿態。

同時，在真一的身旁，還有四、五個老太太，正攤開滿地便當盒悠哉閒聊。真一大概覺得那些老太太很親切，才會在旁邊坐下，最後索性躺平。

這麼一想，千重子有點忍俊不禁，結果反而臉紅了。她不好意思叫真一，只是呆站著。而且，她想離真一遠一點……千重子可從沒看過男人的睡顏。

真一穿著規矩的學生服，頭髮也梳得整整齊齊。長睫毛緊閉，宛如少年。但千重子不敢正眼仔細瞧。

「千重子。」真一喊著她爬起來。千重子忽然板起臉。

「在那種地方睡覺，你也不嫌丟人？路過的人都在看呢。」
「我可沒睡著。妳一來我就知道了。」
「你好壞。」
「如果我不主動叫妳，妳打算怎麼辦？」
「你是看到我之後，才故意裝睡？」
「我心想怎麼走進來一個這麼幸福的小姐，就有點感傷。而且頭也有點痛……」
「你說我？我看起來幸福……？」
「……」
「你頭疼？」
「沒事，已經不疼了。」
「你的臉色好像有點蒼白？」
「不要緊，已經沒事了。」

「好像名刀。」

真一的臉偶爾也會被人說「好像名刀」。不過，這是第一次聽千重子說。

真一被這麼說時，通常都是內心蘊藏什麼激情要燃燒時。

「這把名刀不砍人喔。況且這裡是花下。」真一說著笑了。

千重子走小坡回到迴廊的入口那邊。真一從草地起身後也跟來了。

「我想看遍所有的花。」千重子說。

站在西邊迴廊的入口，紅枝垂櫻的花海頓時令人置身春天。這才是春天。就連彎曲低垂的細枝尖端，都開滿簇簇紅色重瓣櫻花。那樣的大片花海，與其說是樹上開花，毋寧是繁花掛滿枝頭。

「在這裡，我最喜歡的就是這棵花。」千重子說，帶真一去迴廊外彎處。那裡唯一一棵櫻花格外茂盛巨大。真一也站在旁邊，眺望那棵櫻花，

「仔細看的話，真的很女性化。」他說。「垂落的細枝，還有花朵，都非常溫柔豐饒……」

重瓣櫻花的紅色，好像還染上一點紫。

「我以前都沒想到櫻花這麼女性化。無論是色澤或風情，以及嫵媚的潤澤感。」真一又說。

兩人離開那棵櫻花後，往池塘走去。走道狹小處擺了長凳，上面鋪著紅毯。有客人坐在那裡喝抹茶。

「千重子，千重子。」忽然有人喊她。

穿著振袖[6]的真砂子，從幽暗樹林中的澄心亭茶室走下來。

「千重子，我想請妳幫個忙。我好累。拜託妳來老師的茶席幫忙。」

6 振袖，未婚女子穿的和服，特徵是袖子很長。是華麗的正式禮服。

「我這身衣服，只能在水屋[7]幫忙吧。」千重子說。

「待在水屋就好……今天是簡單在水屋泡好茶才端出去。」

「我還有同伴呢。」

真砂子發現真一後，對千重子耳語，

「妳未婚夫？」

千重子微微搖頭。

「心上人？」

她還是搖頭。

真一轉身走了。

「那你們不如一起來參加茶會吧……反正現在人少。」真砂子邀約，但

千重子拒絕了，追上真一後，

「那是我的茶友，長得很漂亮吧？」

「普通漂亮。」

「哎喲，人家會聽見啦。」

千重子對著還佇立原地目送他們的真砂子微微點頭行禮。

穿過茶室下方的小徑就是池塘。池畔有菖蒲，嫩綠的葉片競相伸直。水面也有睡蓮葉片浮現。

這個池塘周圍沒有櫻花。

千重子與真一繞過池畔，走進幽暗的林蔭小徑。林間散發新葉氣息和潮濕的泥土味。那條林蔭小徑很短。眼前豁然開朗後，庭園中有個比之前的池塘更大的池塘。池畔的紅枝垂櫻倒映水面，令人目光為之一亮。外國觀光客們也忙著拍攝櫻花。

不過，池畔對面的樹林也有馬醉木低調地開著白花。千重子想起了奈

7 水屋，設在茶室角落，準備茶事道具及事後清洗茶具之處。

良。此外，也有很多松樹，雖非參天巨木，但姿態優美。如果沒有櫻花，想必會被松樹的蒼翠吸引目光吧。不，現在也是，松樹純粹無垢的翠綠和池水，將枝垂櫻的簇簇紅花襯托得更鮮豔。

真一率先走過池中的踏腳石。這稱為「渡水」。圓形的踏腳石，就像是砍斷鳥居的木柱排成一列。有些地方千重子還得稍微拎起和服下擺。

真一轉頭說，

「我想揹妳過去。」

「你試試看呀。那我佩服你。」

當然，這些踏腳石連老太太都走得過去。

踏腳石旁，也有睡蓮葉片漂浮。快到對岸時，踏腳石周遭的水面，倒映矮松的樹影。

「這踏腳石的排列方式好像有點抽象？」真一說。

「日本庭園不都是抽象的？就像醍醐寺庭園的杉苔，老是被人咋咋呼呼地強調它的抽象，反而惹人厭……」

「是啊，那裡的杉苔的確很抽象。醍醐寺的五重塔已經修好了，還舉行落成典禮呢。要不要去看？」

「醍醐寺的塔會不會也變得像新金閣寺[8]一樣？」

「八成變得色彩鮮亮煥然一新吧。塔倒是沒被燒毀過……是解體之後，又按照原先的樣子重新搭建。落成典禮正好碰上花季，好像很多人去參觀。」

「如果要看花，沒別處比這裡的紅枝垂櫻更值得一看。」

兩人走完略後方的踏腳石。

渡水來到對岸，只見成片松樹，後方有橋殿。正確名稱應該是泰平閣，

8 新金閣寺，金閣寺於昭和二十五年（一九五〇年）被人縱火燒毀，昭和三十年重建。

是外型令人也想到「殿」的「橋」。橋的兩側都有低矮長凳。人們會坐在這裡歇腳，隔著池塘眺望庭園。不，當然是為了池塘才有這個庭園。

歇腳的人們，也在這裡吃吃喝喝。還有孩童在橋上跑來跑去。

「真一，真一，這裡……」千重子先跑過去，用右手按著，替真一占了一個位子。

「我站著也沒關係。」真一說。「蹲在妳腳邊也行……」

「不管。」千重子倏然起身，讓真一坐下。「我去買魚食餵鯉魚。」

千重子回來後，把麥麩扔進池中，成群鯉魚立刻圍過來，也有的將魚身冒出水面。水面掀起層層漣漪。櫻花和松樹的倒影搖曳。

剩下的魚食，千重子對真一說，「給你吧？」真一沒吭聲。

「頭還疼嗎？」

「不會。」

兩人在那邊坐了很久。真一神色清醒，定定凝視水面。

「你在想什麼？」千重子主動問道。

「我也不知道。或許也有什麼都不想的幸福時刻吧。」

「在這種賞花的日子……」

「不，是在幸福的姑娘身旁……或許是聞到那種幸福氣息吧。就像溫暖的青春時光。」

「我幸福……？」千重子又說。眼中驀然浮現憂愁的暗影。她低著頭，因此看起來也彷彿只是池水倒映眼中。

但千重子站了起來。

「橋那頭有我喜歡的櫻花。」

「是從這裡也看得見的那棵吧？」

那棵紅枝垂櫻最壯觀。是眾所周知的名樹。枝椏低垂如垂柳，並且亭亭如蓋。走到那樹下，若有似無的微風吹過，花瓣散落千重子的腳下和肩頭。

在那棵樹下，也有櫻花零星飄落。也有漂浮池面的。不過大概只有七、八朵……

垂枝雖有竹架支撐，但花枝纖細的前端，幾乎垂落池塘。

從這紅色重瓣櫻花的層層花瓣之間，可以窺見池塘對面，東岸樹林上方的滿山新葉。

「那座山是東山的延伸嗎？」真一說。

「是大文字山。」千重子回答。

「噢？原來是大文字山。看起來好像很高？」

「是因為從花中看來吧。」說這話的千重子，人也在花中。

兩人流連忘返。

那棵櫻花附近，鋪著粗礪白砂。白砂右邊，在這庭院算是很高的松樹成林，姿態優美，之後便是神苑出口。

出了應天門，千重子說，

「我想去清水寺看看。」

「清水寺？」真一一臉狐疑，不解她怎會想起那種平凡地方。

「我想從清水寺眺望京都街頭的夕陽。想看向晚的西山天空。」千重子再次強調，真一也點頭同意。

「嗯，那就去吧。」

「用走的喔。」

路程頗遠。避開了電車道。兩人繞遠路走南禪寺道，穿過知恩院後方，經過圓山公園深處，沿著古老小徑來到清水寺前。正值春日暮靄沉沉。

清水舞台也只剩三、四個女學生參觀。連臉孔都看不清了。

這正是千重子偏愛的時刻。幽深的正殿，燃著佛前燈火。千重子沒走上正殿的舞台，逕自走了過去。從阿彌陀堂前走進後院。

後院也有臨崖而建的「舞台」。檜皮屋頂看似輕盈，舞台也小巧玲瓏。不過，這座舞台朝西。對著京都街景，面向西山。

城市已亮起燈光，而且，天色尚未全暗。

千重子靠著舞台欄杆，向西眺望。彷彿已忘了同行的真一。真一走近她。

「真一，我是棄兒。」千重子突然說。

「棄兒……？」

「對，棄兒。」

真一遲疑，不確定「棄兒」這個字眼是否有什麼心理涵義。

「棄兒啊。」真一呢喃。「妳這樣的人，也會覺得自己是棄兒？如果連妳都是棄兒，那我更是棄兒了，我是說精神上……人類或許全都是棄兒。因為人的出生，就等於是被神遺棄在這世間。」

真一凝視千重子的側臉。暮色昏黃，隱約似染上一抹顏色，那或許是春宵愁思。

「所以，反而該稱為神子吧。神拋棄了我們，又想拯救我們……」

但千重子似乎充耳不聞，只是俯瞰萬家燈火的京都街景。也沒回頭看真一。

千重子身上有種令人費解的哀愁，真一忍不住想把手放在她肩上。但千重子抽身避開。

「別碰棄兒。」

「我說了，身為神子的人類全是棄兒……」真一微微扯高嗓門。

「事情沒那麼複雜。我不是神的棄兒，是被人間父母遺棄的棄兒。」

「……」

「我是被遺棄在店舖紅格子門前的孩子。」

「妳在說什麼傻話。」

「是真的。雖然這種事跟你說了也沒用……」

「……」

「我啊，只要從清水寺這裡眺望遼闊京都的夕陽，就會懷疑自己是否真的出生在京都市井之間。」

「妳胡說什麼。妳瘋了……」

「這種事，我騙你幹嘛。」

「妳可是批發店備受寵愛的獨生女。獨生女往往會陷入妄想。」

「我的確很受寵。現在，也已不在乎自己是棄兒了……」

「有什麼證據說妳是棄兒？」

「證據就是店前的紅格子門。古老的格子門最清楚。」千重子的聲音更加清亮悅耳，「大概是我上中學時吧，我媽把我叫去，說我不是她生的孩子，是她偷了一個可愛的嬰兒，立刻坐車逃走。可是我爸媽有時會不小心說錯偷嬰兒的地點。一下子說是賞夜櫻的祇園，一下子說是鴨川邊……他們怕我知道自己是被遺棄在店前太可憐，所以才那樣騙我……」

「噢？那妳不知道親生父母是誰嗎？」

「現在的父母很疼愛我，我已經不想找親生父母了。就當親生父母是仇野地區的無緣佛[9]吧。雖然那裡的石塔都很古老……」

西山春日的溫柔暮色，如薄霧逐漸蔓延，幾乎染紅京都的半邊天。

真一不相信千重子是棄兒，更不相信她是被偷來的孩子。千重子的家就在古老的批發街中央，只要向鄰居一打聽便知真假，但真一此刻當然無意去打聽。真一很猶豫，他想知道的，是千重子為何要在此時此地告訴他這種事。

不過，千重子的聲音越發純粹清亮，彷彿特地邀真一來清水就只是為了如此表白。其中隱含一抹美好的堅強。似乎並不是要向真一哭訴抱怨。

9 無緣佛，沒有親屬祭拜的死者和墳墓。明治時代將仇野周遭出土的地藏和小石塔集中起來，作為無緣佛統一祭拜。

千重子肯定已隱約察覺真一的愛意。千重子的表白，是為了讓愛人知道自己的身世嗎？真一不覺得。反而更像是為了搶先婉拒他的愛。「棄兒」云云，說不定是千重子捏造的故事……

真一在平安神宮曾再三強調千重子是「幸福」的，真一暗忖，但願她只是為了抗議「幸福」那個說法才這麼說，一邊試問，

「知道自己是棄兒後，妳很失落？很難過？」

「不，一點也不失落。也不覺得難過。」

「……」

「我懇求爸媽讓我上大學時，他們說將來要繼承家業的女兒上大學只會浪費時間，不如好好學著做生意。只有被我爸這麼說時有點難過……」

「那是前年吧。」

「是前年。」

「妳對父母絕對服從？」

「對，絕對服從。」
「連結婚那種事也是？」
「對，目前是這麼想。」千重子毫不遲疑地回答。
「妳都沒有自我意識或自己的感情？」真一說。
「太多了，反而會困擾……」
「所以妳要壓抑自我，抹殺感情？」
「不，我沒有抹殺。」
「妳講話都像在打啞謎。」真一試圖輕笑，聲音卻有點顫抖，他把上半身探出欄杆，想看千重子的臉。「好想看清謎樣的棄兒臉孔。」
「天色已經暗了喔。」千重子終於朝真一轉頭。雙目炯炯。
「好可怕……」千重子說著，抬眼望向正殿屋頂。厚實的檜皮屋頂，帶著沉重陰暗的分量感，可怕地逼近。

# 尼庵與格子門

千重子的父親佐田太吉郎，打從三、四天前，便悄悄躲進嵯峨山裡的尼庵。

雖是尼庵，但庵主已經超過六十五歲。這是古都的小尼庵，自然也歷史悠久，不過庵門隱沒在竹林深處，也幾乎與觀光無緣，十分幽靜。頂多是庵中偏屋偶爾供人開茶會。但也不是什麼知名的茶室。庵主不時還出去教人插花。

借宿尼庵一室的佐田太吉郎，如今的心境或許也和這尼庵差不多。

佐田開的店是京都布料批發店，位於京都中區。一如周遭商家多半改制為股份公司，佐田的店在形式上也是股份公司。太吉郎當然是董事長，經營就交給掌櫃（按現在的說法是總經理或常務經理）。不過仍保有濃厚的傳統商家規矩。

太吉郎打從年輕時就有獨特的匠人氣質。而且他討厭人。完全沒那種野心替自己的染織作品舉辦個展。就算辦了，想必在當時也太新奇前衛，很難賣出去吧。

上一代的太吉兵衛，只是冷眼旁觀太吉郎的行為。太吉郎沒有像社內的圖案設計師或外面的畫家那樣，描繪迎合時代潮流的花色。不過，當太吉兵衛知道並非天才的太吉郎創作陷入瓶頸，竟然借助麻藥的魔力，描繪友禪的怪異草圖時，立刻就把他送進醫院了。

到了太吉郎正式接掌家業後，他的草圖也變得尋常。太吉郎為此很傷心。之所以獨自躲進嵯峨的尼庵，也是為了替構圖找靈感。

戰後，和服的花色大幅改變。他想起昔日借助麻藥創作的怪誕花樣，換作現在，那或許反而成了新鮮的抽象派。然而，太吉郎也已年過半百。

「乾脆徹底走古典路線吧。」太吉郎有時會這樣咕噥。可是昔日的種種優秀作品，總會浮現眼前。古代布片及古老衣裳的花樣和色彩，全都在腦海。當然，他也走遍京都的名園和山野，為創作和服而寫生。

女兒千重子中午來了。

「爸，要不要吃森嘉的湯豆腐？我買來了。」

「噢，謝謝……森嘉的豆腐雖好，但我更高興的是妳能來。妳在這裡待到傍晚，讓爸爸放鬆一下大腦好嗎？看我能不能想出好花色……」

布料批發店的老闆不必親自畫設計圖，那樣反而只會干擾做生意。

可是太吉郎在店裡時，也會在有基督燈籠的中庭那個房間，憑窗在桌前坐上半天。桌後的兩個老舊桐木衣箱，裝著中國和日本的古代布片。衣箱旁的書櫃，全是各地的織品目錄。

後方僻靜的倉庫二樓，保存著能劇戲服、貴族女性的禮服等等，而且仍保持完好原狀，數量驚人。來自南方各地的印花布也不在少數。

其中也有太吉郎的上一代，或者歷代祖先收集的，但在旁人舉辦古代布料展，請求他提供布片展出時，

「我家秉承祖先遺志，絕不外借。」太吉郎不容分說就拒絕了。拒絕得非常頑固。

這是京都的老房子，要上廁所時，必須經過太吉郎桌旁的小走廊。這點他還能皺著眉不吭氣，可當店裡有點吵時，

「就不能安靜點嗎！」他沒好氣地出聲。掌櫃跪地稟告，

「是大阪來的客人。」

「他不買就算了。批發店多得是。」

「可是對方是多年的老主顧了……」

「衣服是用眼睛買。如果用嘴巴買，不就表示他沒眼光。既然是商人應該一看就知道，雖說我們店裡多半是便宜貨。」

「是。」

太吉郎的桌下乃至坐墊底下都鋪著外國歷史悠久的地毯。而且他的周遭，也掛著南方名貴印花布做的簾子。這是千重子出的主意。簾子多少也阻隔了店裡的噪音。千重子經常更換這些簾子。每次更換，父親就會感到千重子的體貼關懷，一邊告訴她那些簾子是來自爪哇還是波斯，是哪個時代，哪種圖案。他詳細的解說，有時千重子根本聽不懂。

「做提袋太糟蹋，剪碎做茶道的小方巾又嫌太大，如果做成腰帶，或許可以做個幾條吧。」有一次，千重子環視簾子說。

「拿剪刀來……」太吉郎說。

父親用那把剪刀，動作俐落地剪開印花布簾。

「用這個做妳的腰帶應該不錯吧。」

千重子大吃一驚，眼泛淚光。

「不好吧，爸？」

「沒關係，沒關係。妳如果繫上這條印花腰帶，我說不定也能想出畫圖的靈感。」

千重子去嵯峨的尼庵時，就是繫著這條腰帶。

太吉郎當然一眼就看到女兒的印花腰帶，可他沒刻意去看。做父親的心裡在想，就印花布本身的花色而言，雖然繁複又大塊，色彩也濃淡有致，可是好像不適合給花樣年華的小姑娘做腰帶。

千重子把半圓形便當放在父親身旁，

「您先別急著吃。我去準備湯豆腐。」

「……」

千重子起身時，不經意轉頭望向門口的竹林。

「已是竹秋[1]了。」父親說。

1 竹秋，農曆三月的別稱。因為這時竹子冒出新筍，導致竹葉變黃如秋天。

「土牆也剝落傾頹，老化得很嚴重。就像我一樣。」

千重子早已聽慣父親這種說法，也沒安慰他，只是重複父親的說詞：

「竹秋……」

「妳來時路上的櫻花如何？」父親隨口問道。

「散落的花瓣飄滿池塘。滿山新綠中還有一兩棵沒開盡的櫻花，從略遠處眺望反而別有一番風情。」

「嗯。」

千重子走進內室。太吉郎聽見切蔥花、刨柴魚片的聲音。千重子把樽源桶店的湯豆腐用具準備好後回來——那些餐具，都是從家裡帶來的。

千重子勤快地伺候父親用餐。

「妳也吃一點吧。」父親說。

「好，謝謝爸……」

他看著回話的女兒上半身，

「太素了。妳老是穿我設計的花色。肯穿那些衣服的，或許也只有妳。那些根本賣不掉……」

「我是喜歡才穿，有什麼關係。」

「是嗎，太素淨了。」

「素淨是很素淨啦……」

「年輕女孩的素淨，並非壞事。」父親忽然嚴肅說。

「仔細看過的人，還是會誇獎……」

父親陷入沉默。

太吉郎畫草圖，如今已成了興趣或消遣。在多少已轉型為針對一般大眾的批發店內，太吉郎設計的花樣，掌櫃只是顧及老闆的面子才染個兩三匹。女兒千重子總是主動穿上其中一件。布料質地是特別挑選的。

「妳不用老是穿我設計的。」太吉郎說，「也不用都穿我們店裡的商品……不需要有那種義務感。」

「義務感？」千重子訝異，「我才沒有什麼義務感。」

「妳如果哪天穿上華麗的衣服，肯定是有了情郎。」平時不愛笑的父親，放聲大笑。

千重子伺候父親吃湯豆腐時，不自覺看到父親的大桌。桌上沒有任何京都染布的花樣草圖。

桌子角落，只放著江戶泥金硯盒，以及兩帖高野切[2]的複製品（或許該說是習字帖）。

千重子暗想，來到尼庵，父親是否打算暫忘店中生意。

「六十歲才開始習字。」太吉郎羞赧地說。「不過，藤原的假名字體線條流暢，或許也有助於描繪草圖。」

「……」

「說來丟人，我寫字時手都在抖。」

「不如把字寫大一點？」

「我已經寫得很大了……」

「硯盒上的舊念珠是哪來的？」

「噢，那個啊。是我向庵主討來的。」

「爸爸戴著那個拜佛嗎？」

「如果用這年頭的流行說法，算是吉祥物吧。不過有時也恨不得把珠子含在嘴裡咬碎。」

「哎喲，髒死了。上面沾染長年的手垢很髒吧。」

「怎麼會髒。那是兩三代尼師的信仰之垢。」

千重子彷彿觸動父親的傷感，連忙低頭不語。她把吃完湯豆腐的碗盤剩菜端回廚房。

2 高野切，《古今和歌集》現存最古老的複寫本通稱。撰寫者為藤原賴道。

「庵主呢……？」千重子從裡面出來說。

「也該回來了吧。妳要走了？」

「我在嵯峨走走再回去。嵐山現在好多人，而且我比較喜歡野野宮、二尊院那條路和仇野。」

「妳年紀輕輕卻喜歡那種地方，真教人擔心妳的將來。妳可別像我。」

「女孩子怎會像男人。」

父親站在簷廊目送千重子。

老尼姑不久就回來了。立刻開始打掃庭院。

太吉郎坐在桌前，腦中浮現宗達和光琳[3]畫的蕨草及春季草花。他在想剛離開的千重子。

來到山村小路，父親藏身的尼庵已被竹林掩沒。

千重子打算去仇野的念佛寺參拜，沿著古老的石階拾級而上，一路走到左邊山崖有兩尊石佛之處，但是上方傳來嘈雜人聲，她不由駐足。

不知多達幾百尊的風化石塔，被稱為「無緣佛」。近來開始出現所謂的攝影同好會，讓服裝異樣清涼的女人站在成群小石塔中間供他們拍照。今天或許也是吧。

千重子從石佛前走下石階。不免又想起父親說的話。

即便是為了避開春天來嵐山旅遊的觀光客，但是仇野和野野宮一帶，的確不像年輕女孩該來的地方。比穿著父親設計的素淨和服更糟……

「爸爸在那間尼庵似乎什麼也沒做。」千重子的心頭沁染淡淡寂寥。

「咬沾滿手垢的舊念珠？真不知他在想什麼。」

千重子知道，有時候，父親在店裡是強忍想咬念珠的那種激情。

「還不如咬我的手指頭……」千重子如此嘀咕，不禁搖頭。接著努力把

---

3 宗達和光琳，皆為江戶時代畫家。光琳將宗達的裝飾畫風格創新發展為「琳派」。

心思轉移到她和母親在念佛寺撞鐘的回憶。

這座鐘樓是新蓋的。瘦小的母親當時撞了半天鐘也不響，千重子只好把手蓋在母親的手上說，「媽，這是有竅門的。」母女倆一起撞了鐘。鐘聲響亮。

「真的耶。不知能傳到多遠。」母親很高興。

「那當然還是比不上熟練的和尚撞鐘。」千重子也笑了。

千重子想起那種往事，一邊沿著小路走向野野宮。這條小路，被寫上「通往竹林深處」還不算太久，原本陰森森的，如今也變得明亮多了。山門前的小商店也傳來吆喝聲。

不過，小小的神社至今依然如昔。《源氏物語》也提到，在伊勢神宮侍奉神明的齋宮（內親王）[4]，曾以清淨無垢之身在此齋戒沐浴隱居三年，是為舊居遺址。還帶著樹皮的黑木鳥居及低矮柴籬頗為知名。

從野野宮前改走野徑，走到開闊處，便是嵐山。

千重子在渡月橋前的岸邊松林處搭乘公車。

「回去之後，該怎麼稟報爸爸的情形呢……不過媽應該也早就猜到了……」

京都市區的商家，多半因明治維新前的「砲轟」、「火燒」[5]付之一炬。太吉郎的店也未能倖免。

所以那一帶，儘管保留了紅格子門、二樓小格子窗的古老京都風格店面，實際上歷史不足百年。——不過太吉郎那間店的後倉庫，據說並未毀於戰火……

4 內親王，日本皇族女子的身份或稱號之一。

5 「砲轟」「火燒」，元治元年（一八六四年）禁門之變時引發的京都大火。原文用的「鉄砲焼き」「どんどん焼き」，本來是辣醬烤肉和鐵板煎餅，此處用來形容槍砲聲和大火蔓延。

太吉郎的店鋪之所以幾乎完全沒改建成現代樣式，固然是老闆的個性所致，想必也是因為批發店的生意不大景氣。

千重子回來，拉開格子門，便可一眼望見內室。

母親阿繁坐在父親平日用的桌前正在抽菸。左手托腮弓著背，看起來像在閱讀或寫字，可桌上什麼也沒有。

「我回來了。」千重子走到母親身旁。

「啊，妳回來啦，辛苦了。」母親似乎這才回神，「妳爸怎麼樣？」

「這個嘛……」

千重子還沒想好怎麼回答，「我買了豆腐去。」

「森嘉的嗎？妳爸爸一定很高興吧。做成湯豆腐……？」

千重子點頭。

「嵐山怎麼樣？」母親問。

「遊客好多……」

「是妳爸爸一路送妳到嵐山？」

「沒有，因為庵主不在……」

然後千重子才回答，「爸爸好像在學書法。」

「學書法啊。」母親似乎毫不意外，「寫字可以平心靜氣，很好啊。我也有那種經驗。」

千重子看著母親白皙優雅的臉孔。母親臉上看不出任何情緒波動。

「千重子。」母親平靜地喊道。

「千重子，妳不用繼承這間店沒關係……」

「……」

「如果想嫁人也可以。」

「……」

「妳聽清楚了嗎？」

「媽為什麼這麼說？」

「這事無法用一句話解釋清楚，不過我也五十了。是考慮過才這麼說。」

「不如乾脆把生意結束算了……？」千重子美麗的雙眸泛著水光。

「妳也一下子扯太遠了……」母親微微一笑。

「千重子，妳說不如結束這門生意，是認真的嗎？」

母親的聲音不大，態度卻很嚴肅。——千重子剛才看到母親微笑，是眼花嗎？

「我是認真的。」千重子回答。心頭掠過一絲痛楚。

「我沒有生氣，妳不用露出那種表情。說得出這種話的年輕人，和被說的老年人，究竟誰比較失落，妳應該也明白吧。」

「媽，對不起。」

「這沒什麼好道歉的……」

這次母親真的笑了。

「這跟我剛才和千重子妳說的事，好像不相干……」

「我也很糊塗，自己都不知道在說什麼。」

「人哪——女人當然也是，對自己說的話最好堅持到底。」

「媽。」

「妳在嵯峨，也和妳爸爸說過同樣的話嗎？」

「沒有，我在爸爸面前什麼也沒說……」

「是嗎。下次也對妳爸爸說吧。早點告訴他……他是男人，想必會生氣，但是心底肯定也會很欣慰。」母親按著額頭，「我剛才坐在妳爸爸的桌前，就在想他的事。」

「媽早就料到了吧？」

「怎麼會。」

母女倆沉默片刻。千重子似乎沉不住氣了，

「我去錦市場看看晚餐要買點什麼吧？」

「謝謝。那就拜託妳了。」

千重子起身，來到店面，走下土間。這個土間本來是細長形一路通往屋內深處。和店面相對的牆邊，有一排黑色爐灶，是廚房。

現在當然已不用灶。在爐灶後方裝了瓦斯爐，還鋪上木頭地板。如果像原先那樣底下是水泥地，一路直通內室，在京都嚴寒的冬天會很難熬。

不過，爐灶並未拆除（許多人家也都留著）。一方面可能也是因為民間普遍信仰灶間火神——荒神的緣故吧。在爐灶後方，祭祀著鎮火的神符。並且有一排布袋和尚[6]塑像。每年初午[7]人們會去伏見的稻荷神社祭拜，買回一尊布袋和尚塑像，直到累積七尊。期間如果家裡有人過世，就會從頭開始累積。

千重子他們家店裡的灶神，已集齊七尊。因為家裡只有父母和女兒三口人，這七年、十年來也無人過世。
灶神旁邊放著白瓷花瓶，母親每隔一兩天就會換水，仔細擦拭神壇。
千重子拎著菜籃前腳剛出門，就看到一個年輕男人緊接著走進她家的格子門。
「是銀行的人來了。」
對方似乎沒注意到千重子。
是常來的年輕銀行行員，千重子想，應該不用擔心。腳步卻變得沉重。她靠近店前格子門，走過時用指尖輕輕拂過每一根格子木條。
走到店前格子的盡頭，千重子朝店面轉身，再次抬頭仰望。
二樓小窗前的老舊招牌映入眼簾。那塊招牌有個小屋頂。似乎是老店的

6 布袋和尚，唐朝禪僧，據說是彌勒佛的化身，在日本被視為七福神之一。
7 初午，二月的第一個午日。這天全國各地的稻荷神社都會舉行祭典。

標誌。也像是一種裝飾。

溫煦的春日已西斜，朦朧照在招牌古老的斑斕金字上。反而顯得寂寥。店面的厚棉布簾，也已褪色泛白，露出粗縫線。

「哼，即便平安神宮的紅枝垂櫻，不也曾令我心情落寞嗎。」千重子加快了腳步。

錦市場一如往常擠滿人。

回程快到父親的店舖時，遇見白川女[8]。千重子主動喊她，

「有空也來我家坐坐。」

「好，謝謝。小姐回來啦。真巧……」女孩說，「您上哪去了？」

「錦市場。」

「辛苦了。」

「我順便買點花上供……」

「好，謝謝惠顧……您儘管挑喜歡的。」

說是花，其實是楊桐。而且是楊桐的嫩葉。

每逢初一和十五，白川女都會送來。

「今天能遇上小姐真是太好了。」白川女說。

千重子也覺得挑選嫩葉細枝令人心情雀躍。一手握著那楊桐回到家，

「媽，我回來了。」千重子的聲音開朗。

千重子又把格子門拉開一半，看著路上。賣花的白川女還站在那裡，

「進來歇歇腳吧。喝杯茶再走。」她招呼對方。

「好，謝謝。每次都承蒙您好意關照……」女孩點頭。然後舉著野花走進土間。「一點普通野花不成敬意……」

「謝謝。我就喜歡野花，虧妳還記得……」千重子說著打量野花。

8 白川女，住在北白川附近，頭上頂著四季花卉，在京都市內沿路賣花的女人。

一進門，灶前有古井。井口罩著竹編蓋子。千重子把花和楊桐放在那蓋子上。

「我去拿剪刀。對了，還得清洗楊桐的葉子……」

「剪刀我這裡有。」白川女說著，喀喀弄響剪刀，「府上的灶神總是這麼乾淨，我們賣花的看了真的很感激。」

「是我媽有潔癖……」

「小姐不也是……」

「……」

「這年頭，很多家庭無論是灶神或花瓶、水井都積滿灰塵，髒兮兮的。賣花的也漸漸沒落。所以您能叫我來府上，我真的鬆了一口氣，很高興。」

「……」

千重子無法告訴白川女，家裡的生意似乎也已每下愈況。

母親仍坐在父親的桌前。

千重子把母親叫到廚房，給她看在市場買的東西。母親看著女兒從菜籃一一取出擺開的東西，心想這孩子也變得節省了。不過這當然也是因為父親去了嵯峨的尼庵不在家……

「我也來幫忙。」母親說著也準備下廚，「剛才來的，就是每次那個賣花女嗎？」

「對。」

「嵯峨的尼庵，有妳送給妳爸爸的畫冊嗎？」母親問。

「不知道，我沒看到……」

「他好像把妳送給他的書都帶走了。」

那是保羅．克利、馬蒂斯、夏卡爾等人的作品，以及更現代的抽象畫集。千重子特地為父親買來，心想或許有助於刺激新的靈感。

「其實店裡根本用不著妳爸爸畫圖。只要看看別人染好的花色，賣出去就行了。可是妳爸爸他啊……」母親說。

「不過千重子，虧妳肯成天穿著爸爸設計的和服。媽也該謝謝妳。」母親接著又說。

「幹嘛謝我……我只是喜歡才穿。」

「妳爸爸看到妳的和服與腰帶，不會覺得太素淨？」

「媽，雖然看似素淨寡淡，但是如果仔細看，其實別有風味。還有人讚美過呢。」

千重子想起今天也和父親有過類似的對話。

「雖說嬌媚的姑娘家反而適合穿得素雅……」母親掀起鍋蓋，邊拿筷子試燉菜軟硬邊說，

「但妳爸爸為什麼就不能畫些華麗的流行花色呢。」

「……」

「妳爸爸以前畫的可都是鮮豔奪目、特別古怪的圖案呢……」

千重子點頭，「媽穿的不也是爸爸設計的和服。」

「我是因為已經老了……」

「您總說自己老，到底幾歲了。」

「就是老了啊……」母親只說。

「那個號稱人間國寶的小宮先生，他畫的江戶小紋[9]花樣，聽說年輕人穿了反而好看，特別醒目。錯身而過的人都忍不住回頭望。」

「小宮老師那樣的大人物，妳爸爸怎能跟人家相提並論。」

「爸爸可是發自精神思潮的底層……」

「講得這麼深奧。」母親動了動典型京都人的白皙臉孔，「不過千重子，妳爸爸也說過，在妳的婚禮上，一定會替妳設計最亮眼華麗的和服……媽媽也老早就在期待那一天……」

9 江戶小紋，小紋是傳統外出和服之一，以型染技法染出重複細膩的圖案，江戶小紋是小紋和服中最高等級，可當作準禮服穿著出席正式場合。

「我的婚禮……？」

千重子神色一暗，沉默半晌。

「媽，在這一生中，什麼事最讓您驚心動魄？」

「這個嘛，我以前或許也說過，就是和妳爸爸結婚時，以及和妳爸爸一起偷走可愛的小嬰兒千重子的時候。是偷走妳之後，立刻搭車逃走時。雖已是二十年前的往事，現在回想起來，還是會心跳加快。千重子，不信妳摸摸我胸口。」

「媽，其實我是棄嬰吧。」

「不是，不是。」母親難得如此激烈搖頭。

「人在一生之中，總會做一兩次可怕的壞事。」母親接著說。

「偷嬰兒這種事，比偷錢或偷拿人家東西更罪孽深重。說不定比殺人還要壞。」

「……」
「千重子的父母，想必傷心得快瘋了吧。想到這個，我現在就想把妳送還回去，可是已經回不去了。如果妳想找親生父母，想見他們，那我們當然沒話說……但我這個做媽的，或許會死掉吧。」
「媽，您別說那種話了……千重子的母親，我的母親，只有您一個。我從小到大都是這麼想的……」
「我知道。可是，這樣只會讓我的罪孽更深……我和妳爸爸，早有下地獄的覺悟。下地獄算什麼。哪比得上這輩子有個可愛的女兒。」
看著母親語氣激動，淚水滑落雙頰。千重子也含淚說，
「媽，請告訴我真話。其實我是棄嬰吧。」
「不是，我都說不是了……」母親又搖頭，「千重子，妳怎會以為自己是棄嬰？」
「我無法想像爸媽會去偷嬰兒。」

「我剛才不是說了嗎，人在一生之中，總會做一兩次驚心動魄的可怕壞事。」

「那你們是在哪撿到我的？」

「在賞夜櫻的祇園。」母親滔滔不絕，「可能以前也跟妳說過，就在花下的長椅，躺著一個可愛的嬰兒，看著我們，笑得像朵花。教人忍不住抱起來。一抱起來，就覺得心疼，再也放不開。我貼著嬰兒的小臉，看著妳爸爸，結果他說，『阿繁，我們偷走這孩子吧。』『什麼？』『阿繁，逃吧，快逃啊。』之後我就只顧著拼命跑。好像是在賣芋棒[10]的平野屋門前吧，我們就跳上車逃走了……」

「……」

「嬰兒的母親，當時可能臨時有點事走開，就被我們趁機抱走了。」

母親的敘述，聽來並非不合理。

「這是命運……後來妳就成了我們家的孩子，算來也有二十年了吧？也不知這樣對妳是好是壞。就算是好事，我也總在心裡合掌懺悔，請求原諒。妳爸爸想必也是。」

「是好事，媽，我很慶幸被你們撫養。」千重子用雙手摀住眼。

不管是撿來的還是偷來的孩子，總之在戶籍上，千重子被申報為佐田家的嫡女。

千重子第一次聽父母坦白告訴她自己不是親生孩子時，毫無真實感。當時剛上中學的千重子，甚至懷疑是自己哪裡惹惱了父母，才會被那樣說。

想必父母是怕千重子從鄰居那裡聽到風聲，所以才乾脆先說出真相？亦或是信任千重子對他們的深厚親情，認為她已經到了足以分辨是非的年紀？

千重子的確很震驚。不過，她並不怎麼傷心。就算進入青春期，對此也

10 芋棒，蝦芋燉煮鱈魚乾。是京都料理的代表菜色之一。

沒怎麼煩惱過。她對太吉郎和阿繁的親暱與孺慕之情沒改變，對此事也沒有執著到必須努力開解自己的地步。可能也是千重子的個性使然吧。

然而，自己如果不是佐田家的親生孩子，照理說該有親生父母。說不定也有兄弟姐妹。

「雖然不想見他們……」千重子想。「但他們肯定過著更艱苦的生活吧。」

這點千重子也無從揣測。在這有著古老格子門的幽深店裡，爸媽的煩憂更令她感同身受。

千重子之所以在廚房用手摀眼，也是為此。

「千重子。」母親阿繁把手放在女兒肩頭搖晃。

「從前的事，妳就別再追問了。這世上，誰也不知道哪天會在哪撿到遺珠。」

「遺珠？真是好一顆遺珠啊。若是珠子可以給媽鑲在戒指上就好了……」千重子說完，開始勤快幹活。

用過晚餐收拾好碗盤後，母親和千重子上了後院二樓。

前院面對街道有小窗的二樓，天花板低矮，是給學徒睡覺的簡陋房間。從橫越中庭的走廊可以通往後院二樓。也可以從店面上去。大主顧來時會帶去那二樓殷勤款待，甚至留宿。如今大部分客人都是在可以看見中庭的會客室商談就打發了。說是會客室，其實是從店面連接後院的空間，堆滿貨架的布匹，也重重堆疊在會客室兩側。因為是寬敞的長形空間，用來攤開商品展示很方便，終年鋪著籐蓆。

後院二樓的天花板很高，但只有兩間六帖房間，分別作為父母和千重子的起居室兼寢室。千重子坐在鏡前解開髮髻。她的長髮經常整齊紮起。

「媽。」千重子呼喚門那頭的母親。聲音之中，百感交集。

# 和服街

京都作為大都市，綠葉特別美。

就算修學院離宮內或皇居的松林、古寺寬庭的樹木另當別論，諸如木屋町和高瀨川畔、五條及堀川的成排垂柳，也都是位於市井之間，其存在總是立刻映入旅人眼簾。那是真正的垂柳。綠枝低垂幾乎觸地，看起來溫柔婉約。畫出柔和圓形連綿不絕的北山赤松也是如此。

尤其現在是春天。也看得到東山的青翠嫩葉。如果天氣好，還能看見叡山的滿山新綠。

樹木好看想必是因為街道乾淨，整個城市打掃得很仔細吧。就像祇園，一走進小巷深處，雖有成排昏暗古老的小房子，路面卻乾乾淨淨。

製造和服的西陣地區，亦是如此。即便是擠滿看起來都心酸的小店那種街區，路面也大致是乾淨的。雖有細小的格子欄杆，卻不染塵埃。植物園也一樣。絕對不會滿地紙屑。

植物園有美軍建造的營房，當然禁止日本人入內，不過軍隊撤退後，已經恢復原狀。

西陣的大友宗助，在植物園內特別喜愛一條林蔭道。兩旁是成排樟樹。樟樹不是巨木，那條路也不長，但他常走。樟樹發芽時也是……

「那些樟樹，不知怎樣了。」他在織機聲中如此思忖。應該不至於被美軍砍倒吧。

宗助一直在等植物園重新開放。

出了植物園，從那裡沿著鴨川河岸稍微上行，是宗助的散步習慣。這樣也可一路眺望北山。他多半都是獨自去。

就算去植物園和鴨川，宗助頂多也只花一小時。不過，他很懷念那樣的

散步。此刻也正沉緬回憶時，

「佐田先生打電話來。」妻子忽然喊他。「他好像人在嵯峨。」

「佐田先生？從嵯峨打來……？」宗助起身去帳房。

說到織坊老闆宗助和布料批發商佐田太吉郎兩人，宗助雖比太吉郎小了四、五歲，但在買賣之外也是知交好友。年輕時兩人也堪稱「狐朋狗友」。不過，近來多少已關係疏遠。

「我是大友，好久不見……」宗助接聽電話。

「噢，大友先生。」太吉郎的聲音格外高亢。

「你去嵯峨了？」宗助問。

「我悄悄躲在嵯峨某間靜悄悄的尼庵。」

「聽來有點可疑喔。」宗助故意說得鄭重其事，「尼庵也分很多種……」

「不，就是普通尼庵……只有一個年老的庵主……」

「那才好啊。就算只有庵主一人，你也可以找年輕姑娘來……」

「胡說八道。」太吉郎笑了，「今天，我是有事想拜託你。」

「你說，你說。」

「現在方便過去拜訪嗎？」

「歡迎你來。」宗助感到奇怪，「反正我哪都去不了。電話裡也聽得見織機的聲音吧？」

「就是那個，聽來令人懷念。」

「你說什麼傻話。織機聲要是停了還得了。和你藏身的尼庵可不一樣。」

不到半小時，佐田太吉郎就搭車抵達宗助店裡。看起來兩眼發亮。他立刻攤開包袱巾，

「這個想麻煩你……」說著，打開草圖。

「噢？」宗助打量太吉郎，「是腰帶啊。以你的風格而言，這倒是相當

嶄新華麗啊。奇怪。該不會是給你藏在尼庵的小情人……」

「你又來了……」太吉郎笑了。「是給我女兒的。」

「噢，等這個織好了，令嬡八成會嚇一大跳吧。先不說別的，這種腰帶，她會用嗎？」

「其實，千重子送了兩三本克利的厚重畫冊給我。」

「克利？克利是……？」

「據說是類似抽象派先驅的畫家。筆觸柔和，高雅，或許可以用夢幻來形容吧，連日本的老人看了也心有所感，我在尼庵翻來覆去看了許久，就畫出了這樣的圖案。和日本的古代織品花色截然不同吧。」

「是啊。」

「我想請你織出來，看看會是什麼樣子。」太吉郎的亢奮似乎還無法平息。

宗助盯著太吉郎的草圖看了一會。

「嗯——真好，色彩的配合也是……很棒。對佐田先生而言雖是前所未有的創新，卻很典雅。織起來恐怕很難。我就用心試試看吧。應該會呈現出令嫒的孝心和父親的慈愛吧。」

「謝謝……最近動輒強調 idea 或什麼 sense。甚至連色彩都在迎合西方的流行。」

「那種東西不夠高級吧。」

「我啊，最討厭用洋文的東西。在我們日本，不是打從古代王朝就有難以形容的優雅色彩嗎。」

「對，光是一個黑色，就分很多種。」宗助也點頭同意，之後又說，

「不過，我今天也想過，腰帶商也有像伊豆藏那樣的……那裡是西式四層樓房，搞的是現代工業。西陣應該也會變成那樣吧。一天生產五百條腰帶，很快連員工也會加入經營，平均年齡據說才二十幾歲。像我家這種手織

機的家庭手工業，恐怕會在二、三十年之內徹底消失吧。」

「胡說八道……」

「如果能倖存下來，那大概也成了國寶了。」

「……」

「連佐田先生你這樣的人，不也迷上什麼克利。」

「那叫做保羅．克利，我窩在尼庵，這十天半個月以來，日夜都在思考。這條腰帶的圖案和顏色，還算洗鍊吧。」太吉郎說。

「非常洗鍊。很有日本的典雅風格。」宗助慌忙說，「不愧是佐田先生。我一定會織出一條好腰帶。款式我也會替你選個好的，精心製作。對了，說到紡織，不如讓技術遠甚於我的秀男來吧。他是我的長子，你應該也認識。」

「噢。」

「秀男織得比我精巧……」宗助說。

「行啊，總之全交給你了。我家雖是批發商，多半賣給鄉下地方。」

「你這是什麼話。」

「這條腰帶，不是夏天用的，是秋裝。但我想盡快看到成品……」

「好，我知道。搭配這條腰帶的衣服呢？」

「我只顧著先考慮腰帶……」

「你是批發商，可以儘管從和服中挑出好的……那倒不重要，不過你這是已經打算開始給令嬡辦嫁妝了？」

「沒有沒有。」太吉郎就像說到自己的婚事似地臉紅了。

西陣的手織機，據說難以傳承三代。換言之，這大概是因為手織機屬於工藝品。就算父親是手藝高明的優秀織工，也不見得能夠傳給下一代。縱使兒子在父親手藝的庇蔭下沒有怠惰，認真習藝也一樣。

不過，也有這種情形。小孩四、五歲時，先從捻線開始學起。到了十

一、二歲，就開始學習操作織機。之後便可以承租織機接點零碎活計。所以家裡孩子多，有時也能幫助家計，讓家業昌隆。此外，就連六、七十歲的老太太，也能在自家捻線。有些家庭的祖母和小孫女因此天天對坐。

大友宗助的家中，只有老妻在捻腰帶用的絲線。她始終低頭坐著，因此看起來比實際年齡更老，也變得沉默寡言。

大友有三個兒子。各自用高機織腰帶。有三台高機當然算是家境不錯了，有些人家只有一台，也有些人家用的是租來的織機。

長子秀男，正如宗助所言，青出於藍的技術，連紡織商和批發商都知道。

「秀男，秀男。」宗助喊，但他似乎沒聽見。和工廠大批機械化織機不同，這三台手織機都是木製的，噪音也沒那麼大，宗助自認已經喊得很大聲了。可是秀男的織機靠近院子，離這邊最遠，織的又是最困難的高級雙層腰帶，或許是因為全神貫注，他似乎沒聽見父親的呼喚。

「老太婆，妳去喊秀男過來。」宗助對妻子說。

「好。」妻子拍拍膝蓋，走下土間。去秀男的織機那邊時，還不斷握拳捶腰。

秀男停下操作梭子的手，朝這邊望過來，但他並未立刻起身。或許是累了。他知道有客人，大概不好意思揮動胳臂伸懶腰。他抹了一把臉後才過來，

「歡迎光臨寒舍。」他板著臉對太吉郎打招呼。工作的疲憊似乎還殘留在臉上和身上。

「佐田先生設計了腰帶圖案，想讓我們家織出來。」父親說。

「是嗎。」秀男的聲音還是意興闌珊。

「是很重要的腰帶，所以你來織應該比我好。」

「是千重子小姐要用的腰帶嗎？」秀男白皙的臉孔，這時終於正視佐田。

身為京都人，父親宗助看到兒子冷漠的表情，連忙打圓場解釋，「秀男一早就工作到現在，大概是累了……」

「……」秀男沒接話。

「就是要這麼專心工作，才有好成果啊……」反倒是太吉郎安慰他。

「雖然只是無趣的雙層腰帶，不過腦子一時還轉不過來，失禮之處還請見諒。」秀男說著，略為低頭致歉。

「很好。工匠就是要這樣才對。」太吉郎點了兩下頭。

「就算是無趣的腰帶，還是會被視為我的作品，讓我更難受。」秀男說著低下頭。

「秀男。」父親厲聲呵叱，「佐田先生的可不是那種東西。佐田先生他啊，特地隱居嵯峨的尼庵畫草圖。不是要拿來賣的。」

「是嗎。噢——是在嵯峨的尼庵……」

「你也看看。」

「好。」

太吉郎被秀男的氣勢壓倒，之前興沖沖走進大友家的那股自信已經潰不成軍。

他把草圖在秀男面前攤開。

「……」

「不行嗎？」太吉郎怯懦地說。

「……」秀男沉默地端詳。

「不行是吧。」

「……」

眼看兒子始終沉默，

「秀男。」宗助忍不住了，「快回話呀，你這樣太沒禮貌了。」

「是。」秀男還是沒抬頭，「我好歹也是織匠，正在專心欣賞佐田先生設計的圖案。畢竟這可不是普通工作。是千重子小姐要用的腰帶吧。」

「是的。」父親點頭，卻很納悶秀男的表現為何異於平日。

「到底行不行？」太吉郎再次詢問時，語氣也不禁變得很衝。

「可以。」秀男卻從容不迫。「我沒說不行。」

「你雖然沒說，心裡卻這麼想……你的眼睛在這麼說。」

「有嗎？」

「你說什麼……」太吉郎起身就對著秀男的臉揮出一拳。秀男沒有閃躲。

「您儘管揍我吧。我做夢也沒認為佐田先生的圖案無趣。」

或許是因為挨了揍，秀男的臉色反而變得生動多了。

之後，挨揍的秀男跪地道歉。也沒管紅腫的半邊臉。

「佐田先生，對不起。」

「……」

「您或許很氣憤，但我希望您讓我織這條腰帶。」

「好吧。我本來就是要委託你們的。」

太吉郎試著平復心情。「也請你原諒我。年紀大了，這脾氣才真的是不行啊。打人的手都疼……」

「應該借用我的手去打。反正織工的手，皮特別厚。」

兩人都笑了。

不過，太吉郎的心底依然耿耿於懷，

「我已經很多年沒打人了。甚至已想不起來有多久——當然，幸好得到你原諒，不過我想問的是，秀男，你看到我設計的腰帶圖案時，為什麼露出那樣古怪的表情。能否請你誠實告訴我？」

「是。」秀男再次沉下臉。「我還年輕，又只是工匠，不是很了解。但您說那是隱居嵯峨的尼庵畫出來的吧。」

「是的。今天我還要回尼庵。我看，才待半個月的話……」

「不可以。」秀男用力說。「請趕快回家。」

「我在家定不下心。」

「這條腰帶的圖案，華麗，鮮豔，非常新穎，令人大吃一驚。佐田先生怎麼會畫出這種圖案呢？所以，我剛才看了半天……」

「……」

「乍看之下雖然很有趣，卻缺乏溫暖的心靈和諧感。不知怎的，好像荒蕪又病態。」

太吉郎臉色慘白，嘴唇顫抖。說不出話。

「就算是冷清的尼庵，應該也不至於有狐狸精作祟，附在佐田先生身上吧……」

「嗯……」太吉郎沉吟著把草圖拉到自己膝前，專心端詳。

「唔……你說得好。你雖年輕，卻很了不起。謝謝……我再回去好好想想，重新設計。」太吉郎慌忙捲起草圖，塞進懷裡。

「不，這幅其實也很好，織出來的感覺應該不同，而且顏料和絲線的色彩也不同……」

「謝謝你的安慰。秀男，用這幅草圖，你能溫暖地織出我對女兒的親情色彩嗎？」太吉郎嘴上說著，卻連道別都草草了事就匆忙走了。

一出門，眼前便是小河。是很有京都風情的小河。岸邊綠草也以舊時姿態垂向水面。河岸的白牆，大概是大友家吧。

太吉郎把腰帶草圖在懷裡揉成一小團，扔進小河。

忽然接到丈夫從嵯峨打來的電話，問她要不要帶女兒來御室賞花，阿繁當下不知所措。她從來不曾和丈夫去賞花。

「千重子，千重子。」阿繁彷彿要求救，急忙喊女兒。「妳爸爸打電話來，妳過來接一下……」

千重子來了，手搭著母親的肩膀聽電話。

「好，我帶媽一起去。那您在仁和寺前的茶店等我們。好，我們會盡快……」

千重子放下話筒，看著母親笑了。

「只不過是找我們去賞花嘛。媽也太大驚小怪了。」

「怎麼會連我也叫去呢？」

「御室的櫻花，現在正盛開呢……」

千重子催促遲疑的母親走出店門。母親依然一臉狐疑。

御室有明櫻、八重櫻，就市區的櫻花而言，開得比較晚，算是京都花季的尾聲吧。

走進仁和寺的山門，左手邊是櫻花林（或者該說是櫻花園），簇簇櫻花把樹枝都壓彎了。

然而太吉郎一看就說，「哇，這樣不行啊。」

只見櫻樹成林的路上，排滿大型長凳，人們喧鬧著喝酒唱歌。一片狼籍。有成群鄉下阿婆活潑地跳舞。也有男人喝醉了大聲打呼，從長凳滾落。

「這簡直太不像話了。」太吉郎掃興地站著。三人都沒有走進花叢中。不過，御室的櫻花，他們從以前就很熟悉。

深處的樹林，有人在焚燒賞花客製造的垃圾，冒起陣陣濃煙。

「趕快逃到安靜的地方吧。妳說是吧，阿繁。」太吉郎說。

正要走時，忽見櫻花林對面高大松樹下的長凳，有六、七個朝鮮女人，穿著朝鮮服裝，拍打朝鮮大鼓跳朝鮮舞。這些人反而更有典雅風情。蒼翠的松樹之間，也可窺見山櫻花。

千重子駐足，眺望朝鮮舞。

「爸爸，還是換個安靜的地方好，不如去植物園吧？」

「那或許是好主意。御室的櫻花，只要看過一眼，也算是對春天盡到義務了。」太吉郎說著走出山門搭車。

植物園從今年四月重新開放，京都車站前也有開往植物園的新路線電車頻頻駛出。

「植物園如果也人擠人，那我們就沿著加茂河岸散散步。」太吉郎對阿繁說。

車子駛過充滿新綠的街頭。比起新蓋的房子，在古意盎然的老屋，新葉看來更生氣蓬勃。

植物園從大門前的林蔭道就寬闊明亮。左邊是加茂河堤。

阿繁把門票插在腰帶裡。開闊的風景，似乎令心胸也為之開闊。在批發街，只能看見山脈一角。更何況，阿繁很少走到店前的路上。

走進植物園，正面的噴水池周圍開滿鬱金香。

「這種景色真不像京都。難怪美國人要在這裡蓋房子。」阿繁說。

「那房子應該是在更後面吧。」太吉郎回答。

走近噴水池，春風雖不強，卻吹得水花四濺。噴水池左邊那頭，建造了一間鋼筋玻璃圓頂的大型溫室。三人只隔著玻璃看了一下裡面的茂密熱帶植物，沒有進去。因為散步時間短暫。路的右邊，高大的喜馬拉雅雪松已冒出新芽。下方的枝椏貼地伸展。雖是針葉樹，新芽柔和的嫩綠色，卻難以令人聯想「針」這個字眼。它和日本落葉松不同，不是落葉樹，否則或許發芽的模樣也會很夢幻。

「大友家的兒子給了我一記當頭棒喝。」太吉郎沒頭沒腦說。

「他的技藝比他父親更高明，眼光也很銳利，可以看穿內心。」

太吉郎的自言自語，阿繁和千重子當然都聽不懂。

「爸爸去見秀男先生了嗎？」千重子問。

「聽說他是個好織工。」阿繁只說了這一句。因為太吉郎平時最討厭被人盤根究底地追問。

從噴水池右邊向前走到盡頭，如果左轉，好像是兒童遊樂場。可以聽見嬉鬧聲，草皮上有很多小包袱放在一起。

太吉郎一家三口從樹蔭右轉。意外來到鬱金香花園。百花盛開的壯觀景象，令千重子失聲驚呼。有紅有黃還有白，以及黑茶花似的深紫色，而且花朵碩大，在各自的花圃怒放，

「嗯——這樣看來，難怪新式和服會用上鬱金香圖案。我以前還覺得很蠢……」太吉郎也嘆息了。

如果說喜馬拉雅雪杉發芽的下方枝椏就像孔雀開屏，那麼這裡盛開的五彩繽紛鬱金香，該比喻成什麼呢？太吉郎痴痴望著暗想。花朵的色彩，渲染空氣，彷彿滲透到體內。

阿繁和丈夫保持距離，一直挨著女兒千重子。千重子覺得很好笑，但她沒有形諸於色。

「媽，白色鬱金香花圃前的那些人，好像在相親。」千重子對母親耳

語。

「噢？也許吧。」

「去看看吧，媽。」母親被女兒拽著袖子。

鬱金香花圃前有水池，池中有錦鯉。

太吉郎從椅子站起來，走過去近距離觀賞鬱金香。他彎下腰，湊近檢視花叢中。之後回到母女倆面前，

「西洋花卉就算開得熱鬧，也很快就看膩了。我還是更喜歡竹林。」

阿繁與千重子也站起來。

鬱金香花圃被樹林環繞，位於凹地。

「千重子，植物園是西式庭園風格嗎？」父親問女兒。

「我也不清楚，不過應該有點那個傾向吧。」千重子回答。「為了媽媽，您就再多待一會嘛。」

太吉郎只好無奈地再次走過花叢中。

「佐田先生……？果然是佐田先生。」忽然有人喊他。

「啊，大友先生。秀男也來了啊。」太吉郎說，「沒想到會在這裡遇見兩位……」

「哎呀，我才意外呢……」宗助深深彎腰一鞠躬。

「我喜歡這裡的樟樹林蔭道，一直在等著園區重新開放。這些樟樹想必樹齡都有五、六十年，我就一路慢慢走過來。」宗助說著，再次鞠躬，「前幾天我兒子太失禮了……」

「年輕人都這樣，沒什麼。」

「你是從嵯峨來？」

「對，我從嵯峨來，不過阿繁和千重子是從家裡過來……」

宗助走近阿繁和千重子，對母女倆打招呼。

「秀男，你看這鬱金香如何？」太吉郎略顯嚴肅地說。

「花是活的。」秀男的態度還是一樣不客氣。

「活的？的確，花是活的。不過，我已經有點看膩了，因為花實在太多……」太吉郎把臉往旁一扭。

花是活的。雖然生命短暫，卻活得張揚。到了明年，還會含苞綻放。——就像這大自然一樣活著……

太吉郎彷彿又被秀男嘲諷了。

「是我的眼光不好。鬱金香圖案的布料和腰帶我雖然不喜歡，不過如果是畫壇大師畫的，即便是鬱金香，也會成為具有永恆生命的畫作吧。」太吉郎依然撇頭看著別處說。「古代留下的布片也是如此。有的比這古城京都還古老呢。那麼美的東西，已經無人再用心製作了吧。只是一味摹寫。」

「……」

「就算是活著的樹木，想必也有比這京都更古老的樹。」

「那麼深奧的話題我不懂。我每天不停操作織機，沒想過高尚的問題。」秀男說著一鞠躬。「不過，令千金千重子小姐就算是站在中宮寺或廣隆寺的彌勒佛前，小姐或許也比那個不知美麗多少倍。」

「這句話應該說給千重子聽，讓她高興一下。不過用佛像比喻可不敢當……秀男，女孩子一轉眼就會變成老太婆喔。時間過得很快。」太吉郎說。

「所以我才說，鬱金香的花是活著的。」秀男的聲音用力，「唯有短暫的花季，才能讓生命徹底綻放。現在就是那一刻。」

「是這樣沒錯。」太吉郎轉身面對秀男。

「我現在，也不奢望能夠織一條傳承到孫輩的腰帶……哪怕只用一年也好，不如讓我織一條繫起來舒服的腰帶。」

「你的心態很好。」太吉郎頷首。

「沒辦法。我和龍村那種大公司不同。」

「……」

「我說鬱金香的花是活的，就是出於那種心情。現在雖然盛開，但是已有兩三片花瓣散落了吧。」

「是啊。」

「同樣是落花，櫻花飄落如雪片紛飛也別有風情，可是鬱金香恐怕不見得。」

「花瓣凋謝散落時嗎……？」太吉郎說，「不過，鬱金香開了太多花，我有點厭煩了。顏色太鮮艷，好像沒什麼韻味……大概是我年紀大了。」

「走吧。」秀男催促太吉郎，「拿來我家的腰帶圖稿上的鬱金香，可不是活的鬱金香。今天我算是大開眼界了。」

太吉郎一行五人，從凹地的鬱金香花圃沿著石階走上去。

石階旁有一叢叢霧島杜鵑隆起，不像樹籬，倒像是河堤。現在不是杜鵑花季，但是細小的嫩葉長得很茂盛，將盛開的鬱金香繽紛的花色襯托得更鮮豔。

走上去後右邊是開闊的牡丹園和芍藥園。這些也尚未開花。而且或許是新闢的，他們對這個花園還有點陌生。

不過，東邊可以望見比叡山。

幾乎從植物園的各個角落都看得到叡山、東山、北山，但芍藥園東邊看到的叡山，似乎是正面。

「或許是因為濃霧，總覺得比叡山看起來有點矮。」宗助對太吉郎說。

「春霧特別柔和……」太吉郎眺望片刻，「不過大友先生，看到那濃霧，你不覺得春天也將遠去？」

「會嗎？」

「那麼濃的霧，反而……春天也快結束了呢。」

「是啊。」宗助又說。「日子過得真快。我還沒來得及好好賞花。」

「反正也沒啥稀奇的。」

二人沉默地走了一會後，

「大友先生，就走你喜歡的樟樹林蔭道回去吧。」太吉郎說。

「好，謝謝。我只要走在那條林蔭道上，就已心滿意足。來的時候，也是穿過那林蔭走來……」宗助轉頭對千重子說，「小姐，麻煩妳陪我們一起走吧。」

成排的樟樹，枝椏在樹梢左右交錯。樹梢的新葉，還帶著柔嫩的淺紅。明明無風，有些枝葉卻微微晃動。

五人幾乎不發一語，緩緩走過。在林蔭下各有所思。

太吉郎的腦中，還惦記著秀男剛才用奈良與京都最典雅的佛像來比喻女兒，說千重子更美的那番話。這是否表示秀男深受千重子吸引呢？

「可是……」

千重子如果和秀男結婚，又能在大友織機作坊的何處容身？像秀男的母親一樣，從早到晚都忙著捻線嗎？

太吉郎轉身一看，千重子和秀男聊得正起勁，不時還點頭。

就算要「結婚」，也不見得是千重子去大友家。或許可以讓秀男入贅佐田家？太吉郎如此思忖。

千重子是獨生女。如果嫁出去了，母親阿繁不知會有多傷心。

秀男也是大友家的長子。身為父親的宗助說秀男的技術已青出於藍。不過，他家還有二兒子和三兒子。

還有，佐田家的生意雖然江河日下，連店裡的老裝潢也沒錢整修，但好歹還是京都中區的批發商。和只有三台手織機的小作坊不同。連一個雇用的員工也沒有，全靠自家人的家庭手工業，經濟狀況可想而知。這點，從秀男的母親淺子身上，以及他家簡陋的廚房也看得出來。就算秀男是長子，如果好好商量，說不定還是可以當千重子的贅婿。

「秀男非常能幹啊。」太吉郎試探著對宗助說。「年紀輕輕就很可靠，真不簡單……」

「哪裡，你過獎了。」宗助不當回事，「他只有工作時特別賣力，一站到外人面前，就老是得罪人……很危險呢。」

「那倒無所謂。我還不是從上次就一直被秀男教訓……」太吉郎毋寧是開心地說。

「真的是要請你原諒。那小子就是這樣。」宗助微微鞠躬致歉，「哪怕是父母說的話，如果無法說服他，他照樣不聽。」

「這也沒什麼嘛。」太吉郎點頭，「那你今天怎麼只帶了秀男出來呢？」

「如果把他弟弟也帶來，我家的織機不就要停擺了。況且，他的個性倔強，我想如果讓他在我喜歡的樟樹林蔭道走一走，或許能讓他的性子平和一點……」

「這條林蔭道真好。其實，大友先生，我帶阿繁和千重子來植物園，也是因為受到秀男善意的忠告。」

「什麼？」宗助很詫異，盯著太吉郎的臉，「是你自己想女兒了吧。」

「不是不是。」太吉郎慌忙否認。

宗助向後一看。隔著一段距離，秀男和千重子並肩同行，阿繁殿後。出了植物園大門，太吉郎對宗助說，

「你們坐這輛車吧。西陣就在附近。我們趁這點時間，還可以去加茂河堤走走……」

宗助猶在遲疑時，

「那我們就恭敬不如從命了。」秀男說著，讓父親先上車。

佐田一家站在路旁目送車子離去，宗助從座位躬身行禮，但秀男連有沒有點頭致意都看不出來。

「他兒子真有意思。」太吉郎又想起自己揍了秀男一拳，忍著笑意說，

「千重子，妳和那個秀男那麼有話聊啊。他也抵擋不了年輕女孩的魅力嗎？」

千重子的目光羞澀，「在林蔭道時嗎……？我只負責聽。他為什麼會那麼多話呢？對我這種人，他也能說得那麼起勁……」

「那應該是因為他喜歡妳吧。這麼明顯的事，妳還看不出來？他還說妳比中宮寺或廣隆寺的彌勒佛像更美呢……我也嚇了一跳，沒想到那麼彆扭的人，居然語出驚人。」

「……」千重子也很吃驚。連脖子根都紅了。

「他都跟妳說了什麼？」父親問。

「西陣手織機的命運之類的。」

「命運？噢？」父親說著，似乎陷入沉思，於是女兒回答，

「說到命運，聽起來好像很深奧，但總之，就是命運……」

出了植物園，右邊加茂川的河堤上，有成排松樹。太吉郎領頭，從松樹

之間走下河岸。不過，說是河岸，其實更像是長滿嫩草的細長形草原。隱約可聞落在河堰的潺潺水聲。

有一群老年人坐在草地上吃便當，也有年輕男女結伴漫步。

對岸也在車道的下方設有行人步行區。櫻樹稀疏的新葉後方，以愛宕山為中心，是連綿的西山。上游似乎離北山很近。這一帶是風景區。

「坐一會吧。」阿繁說。

北大路橋的下方，可以看見幾匹友禪布料晾在河畔草原上。

「是啊，春天嘛。」阿繁四下張望之際，

「阿繁，呃，妳覺得秀男怎麼樣？」太吉郎說。

「什麼怎麼樣？」

「入贅咱們家的話……？」

「啊？怎麼突然提起這個……？」

「他看起來挺踏實的吧。」

「是沒錯，可是這你應該問千重子。」

「千重子早就說過完全聽我們的。」太吉郎說著，看著千重子。「對吧，千重子。」

「這種事，不能勉強。」阿繁說著，也望向千重子。

千重子低下頭。水木真一的身影浮現心頭。那是幼年的真一。是真一畫眉毛塗口紅，化妝後穿上古代王朝衣裳，坐在祇園祭長刀山車[1]上遊行的「稚兒」[2]模樣。——當然，那時，千重子也尚年幼。

1 長刀山車，祇園祭作為領頭巡行京都的山車，配有象徵驅趕瘟疫的大長刀，是唯一有真人稚兒的山車。

2 稚兒，在祭禮或寺院誦經奏樂的遊行隊伍中，裝扮華美的兒童，代表神的使者。

## 北山杉

早自平安王朝起，據說在京都就有論山當數比叡山，祭典首推加茂祭的說法。

五月十五日的葵祭也已過了。

昭和三十一年起，葵祭的敕使隊伍開始有齋王[1]加入。進入齋院前，會先在加茂川沐浴淨身，重現傳統儀式，由坐轎穿小褂的命婦打頭陣，率領侍女和童女，命伶人奏樂，齋王身穿十二單禮服，坐牛車遊行。不僅服裝華貴，而且齋王正值女大學生的年紀，因此典雅中也帶著青春嬌媚。

千重子的同學之中，也有人被選為齋王。當時，千重子他們也曾去加茂河堤參觀遊行。

在擁有無數古老神社與寺院的京都，或許可以說，幾乎天天都有某處舉行大大小小的祭典。看著祭典曆，甚至會覺得五月隨時隨地都有活動。

獻茶儀式，茶會，踏青，到處都可看到架起鍋子烹茶，簡直忙不過來。

不過，今年五月，千重子連葵祭都錯過了。一方面是五月多雨。另一方面也是因為她從小就跟著大人看過太多祭典了。

花固然美，但千重子也喜歡看嫩葉初萌的新綠。高雄[2]地區的楓樹新葉當然不用說，若王子那一帶她也愛。

收到宇治寄來的新茶，千重子一邊泡茶，一邊說，

「媽，今年我們連去看採茶都忘了。」

「要看採茶的話，應該還有吧。」母親說。

1 齋王，代替天皇侍奉伊勢神宮的天照大神，或在賀茂神宮當巫女的未婚皇族女性。

2 高雄，位於京都市右京區，是賞楓的名勝景點。

「也許吧。」

當時在植物園看到的成排樟樹，想必發芽稍晚，尚未出現嫩芽萌發如花的美景。

好友真砂子打電話來，

「千重子，要不要去高雄看楓樹新葉？」她如此邀約。「比起楓紅時節，人也比較少……」

「不會太晚嗎？」

「那裡比市區冷，我想應該還好。」

「嗯。」千重子停頓了一下，「妳知道嗎，本來看過平安神宮的櫻花後，就該去周山看櫻花，可是我忘了。那棵老樹……雖然已經沒有櫻花了，但我想看北山杉。離高雄不是也很近嗎？看著北山杉漂亮地筆直聳立，我就會心情暢快。陪我去看杉樹好不好？比起楓葉，我更想看北山杉。」

千重子和真砂子覺得，既然已經來了，不如順道也欣賞一下高雄的神護寺、槙尾的西明寺，以及栂尾高山寺的楓樹青葉。

神護寺和高山寺都是陡峭的上坡路。真砂子穿著初夏的輕便洋裝和低跟鞋還好，穿和服的千重子可怎麼辦呢？真砂子不由偷看千重子。但是千重子不當一回事地說，

「妳幹嘛那樣看我。」

「好美啊。」

「是很美。」千重子駐足，俯瞰清瀧川那邊說，「我還以為綠葉蔥蘢會更悶熱，沒想到還滿涼快的。」

「我……」真砂子憋笑說，「千重子，我是在說妳啦。」

「……」

「世上怎麼會有這麼美的女孩子啊。」

「討厭。」

「素淨的和服在這蔥蘢綠意中，反而格外突顯妳的美。當然，妳就算穿著花俏的衣服，想必也別有嬌豔風情……」

千重子穿的是略暗的紫色和服。腰帶是用父親毫不吝惜剪下的印花布做的。

千重子走上石階。——神護寺收藏了平重盛和源賴朝的肖像畫，還有安德烈·馬爾羅[3]那幅世界知名的肖像畫，就在她回想畫中平重盛的臉頰似乎還保有一抹殘紅時，真砂子說出了那句話。而且，千重子以前也聽真砂子講過好幾次同樣的話。

在高山寺，千重子喜歡從石水院的簷廊眺望對面青山。也喜歡開祖明惠上人的樹上坐禪肖像畫。壁龕旁，鋪展著《鳥獸戲畫》[4]的複製品。兩人在這裡的簷廊接受茶水招待。

真砂子沒有從高山寺更往裡走過。觀光客通常到此止步。

千重子曾跟著父親去周山賞花，還摘了筆頭菜回家，留下美好回憶。當時摘的筆頭菜又粗又長。而且只要來高雄，她一個人也會去北山杉的村子——如今該地已合併到京都市內，成為北區中川北山町，不過居民只有一百二、三十戶，稱為村子似乎更恰當。

「我每次都走這條路，走吧。」千重子說。「何況這條路這麼美。」

清瀧川畔有陡峭的山脈逼近。之後便可望見美麗的杉林。杉樹異常筆直聳立，一眼便可看出，是有人精心打理。知名的北山原木，只有這個村子才出產。

或許是到了三點的休息時間，只見一群似乎在山上除草的女人走下杉山。

真砂子愣在原地，盯著其中一名女孩說，

3 安德烈・馬爾羅（Georges Andre Malraux, 1901-1976），法國作家、政治家。

4 鳥獸戲畫，鳥獸人物戲畫的簡稱。是高山寺代代相傳的紙本水墨畫卷。日本國寶。

「千重子，那個人跟妳長得好像。妳看是不是長得一模一樣？」

那個女孩，一襲藍底白紋的窄袖衣服，用帶子紮緊袖子，穿著勞動褲，繫圍裙，戴袖套，還包著頭巾。大圍裙連背後都包住，兩側有開衩。身上只有綁袖子的帶子和勞動褲露出的細腰帶是紅色的。其他女孩也是同樣打扮。

和大原女[5]、白川女之類的模樣大致相似，很像古典人偶，但這身裝扮不是要去城裡賣東西，只是山村的勞動服。這大概是日本婦女在野外或山上工作的標準模樣。

「真的很像。妳不覺得不可思議嗎？千重子，妳仔細看。」真砂子再次強調。

「會嗎？」千重子也沒仔細看就說，「妳這人就是冒冒失失。」

「我就算再怎麼冒失，也不可能看錯那麼漂亮的人……」

「漂亮是很漂亮啦……」

「簡直像妳的同父異母姐妹。」

「看吧，妳又這麼冒失。」被這麼一說，真砂子也察覺自己嚴重失言，連忙捂住差點笑出聲的嘴巴，「雖然不相干的人有時也會長相相似，但你們簡直相似得可怕。」

那個女孩和她的同伴，幾乎都對千重子二人毫不在意，逕自走過。女孩的頭巾拉得很低。雖然稍微露出瀏海，但是幾乎遮住半張臉。並不像真砂子說的那樣能夠看清臉孔。也沒有正眼對上。

而且千重子來過這村子好幾次，也看過村中男人將原木外皮大略削除後，交由婦女細心剝皮整理，用冷水或熱水把菩提瀑布的沙子泡軟後打磨原木的過程，她自認對村中女孩的長相大略都見過。因為那些加工作業都是在路旁或戶外進行。這種小山村，也沒那麼多年輕女孩。不過，她當然不曾仔

5 大原女，女性行商。從大原或京都近郊頭頂著柴火或農產品到京都販賣。

細盯著那些女孩的臉逐一端詳。

真砂子也在目送那些女人的背影遠去後，稍微冷靜下來，但她還在反覆念叨，「真是不可思議。」這次她又盯著千重子打量，歪頭納悶說，

「我還是覺得很像。」

「哪裡像？」千重子問。

「這個嘛，大概是感覺吧。我也說不上來到底是哪裡像，但是眼睛和鼻子……不過京都中區的千金小姐，和這種山裡的村姑不同也是理所當然，對不起。」

「哪裡……」

「千重子，要不要跟在那個女孩後面，去她家瞧一瞧？」真砂子不死心地說。

跟蹤女孩去偷窺別人住處這種荒唐事，就算真砂子再怎麼活潑大膽，想

必也只是嘴上說說。然而，千重子放慢腳步踟躕不前，一下子仰望杉山，一下子又舉目眺望家家戶戶並排放置的杉木。

白杉原木的粗細也幾乎一致，打磨得很美。

「就像工藝品呢。」千重子說。「據說這種木頭也用於茶室建築。甚至銷售到東京和九州……」

原木在靠近簷下之處整整齊齊排成一列。二樓也有成排原木。真砂子好奇地看著一間屋子在二樓的成排原木前晾曬內衣，

「屋裡的人，就住在成排原木中吧。」

「真砂子妳真的很冒失……」千重子笑了，「原木小屋旁，不也有氣派的房子。」

「對喔。二樓還晾著洗好的衣服……」

「說那個女孩像我的也是妳，妳那張嘴巴真是胡說八道。」

「這是兩回事。」真砂子認真起來。「被我說長得像那個人，真有那麼

不滿？」

「我完全沒什麼不滿……」千重子說著，那個女孩的眼睛突然猝不及防地浮現。在那矯健的勞動身影中，看似黝黑幽深的眼中，卻沉著憂愁。

「這個村子的女人工作好勤快。」千重子像要迴避什麼似地說。

「女人和男人一起工作沒什麼好稀奇的。農民不也是如此。還有賣菜的、賣魚的都是……」真砂子隨口說，

「像妳這樣的千金小姐，看什麼都佩服。」

「我覺得自己也很勤快工作。妳是在說妳自己吧。」

「噢，我的確是沒工作。」真砂子爽快承認。

「工作說來簡單，但我真想給真砂子妳看看這村中姑娘工作的樣子。」

千重子又瞥向杉山，「應該已經開始整枝了吧。」

「整枝是什麼？」

「為了讓杉樹長得更好，要把多餘的枝椏砍掉。據說也會用到梯子，但

基本上就像猴子一樣，從杉樹梢跳到另一個樹梢……」
「好危險。」
「也有人一早爬上樹，要到吃午飯的時候才下來……」
真砂子也仰望杉山。筆直聳立的樹幹，看起來就很漂亮。樹梢殘留的葉叢，彷彿工藝品。

山不高，也不算深。就連山頂成排聳立的每一根杉樹幹，都能抬頭望見。既是用於茶室建築的杉樹，林相或許也傾向茶室風格吧。

不過，清瀧川兩岸的山脈險峻，垂落狹仄的谷地。雨水豐沛，日照不多，據說也是此地能夠生產著名杉木的原因之一。想必自然而然也能防風。如果遇上強風，據說杉樹就會從新長出的年輪中較柔嫩之處彎曲或歪斜。

村中的房子，好像也只是沿著山腳和河岸排成一列。
千重子與真砂子走到小山村的盡頭就折返。

有戶人家正在打磨原木。女人們撈起泡水的原木，用菩提瀑布的沙子仔細打磨。紅褐色的沙子看似黏土，據說是取自菩提瀑布下方。

「如果那種沙子用完了怎麼辦？」真砂子問。

「下雨時，自然會和瀑布一起沖落，堆積在下方。」年長的女人回答。真砂子想，還真是想得開。

不過，的確如千重子所言，女人們都在勤快地忙碌工作。這是五、六寸粗的原木，應該可以用來做柱子吧。

打磨過後，用水洗乾淨晾乾。接著據說就會用紙包裹，或者用稻草捆綁後出貨。

就連清瀧川的石灘，也有些地方種了杉樹。

從山頭聳立的杉樹和屋簷下排列的杉木，真砂子想起京都老房子那一塵不染的紅格子門。

村子入口有國鐵公車的站牌，這一站叫做菩提道。上方大概就是瀑布。

兩人從那裡搭乘公車回去。沉默片刻後，真砂子冷不防說，

「女孩子要是也能像那杉樹一樣筆直長大就好了。」

「……」

「但我們都沒有得到那樣的精心栽培。」

千重子差點笑出來，

「真砂子，妳有約會對象吧。」

「嗯，有。就坐在加茂川畔的草地約會……」

「……」

「木屋町的河畔露台也多了很多客人，還點了燈。不過，我們背對那邊，露台上的人認不出我們是誰。」

「今晚呢……？」

「今晚也約好七點半碰面。雖然天還沒全黑。」

千重子有點羨慕那樣的自由。

千重子一家三口坐在面對中庭的內室吃晚餐。

「今天島村先生送了很多瓢正的竹葉壽司，所以我只煮了湯，請將就一下。」母親對父親說。

「是嗎。」

鯛魚竹葉壽司是父親愛吃的東西。

「而且咱們家的大廚回來得也有點晚……」母親這麼說千重子，「她又和真砂子去看北山杉了……」

「是嗎。」

伊萬里彩繪大盤上，裝滿竹葉壽司。剝開包成三角形的竹葉，壽司上放著切成薄片的鯛魚。湯裡主要是豆腐皮，還有少許香菇。

一如門口的紅格子，太吉郎的店，也同樣保有京都的批發店風情，不過如今成立公司，掌櫃和學徒也成了職員，大部分人都變成通勤上下班。只有兩三個來自近江的學徒住在前棟臨街有小窗的二樓，晚餐時的後院很安靜。

「千重子就愛去北山杉的村子。」母親說。「這是為什麼呢？」

「或許是看到杉樹全都筆直地颯爽聳立，會覺得人心如果也能那樣該有多好。」

「那不是和千重子妳一樣嗎。」母親說。

「哪裡，我的心裡曲折又彆扭……」

「那倒是。」父親插嘴。「就算再怎麼正直的人，心裡也有種種想法。」

「……」

「那有什麼不好。像北山杉一樣的孩子固然可愛，問題是世上沒有那種人，就算有，真遇上什麼事時，也會吃虧上當吧。就像樹木也是，即使彎曲，我認為等它長大也就好了……不信妳看咱們這小院子裡的那棵老楓樹。」

「你對千重子這樣的好孩子胡說什麼。」母親有點氣憤。

「好啦，好啦，我知道千重子是正直的好女兒……」

千重子把臉轉向中庭，沉默了一會，

「我沒有楓樹那種強韌……」她的聲音蘊藏哀傷，「頂多只是長在楓樹樹幹凹洞的紫花地丁吧。啊，紫花地丁的花，不知幾時已經謝了。」

「真的……明年春天一定會再開。」母親說。

垂首的千重子，視線停駐在楓樹根部的基督燈籠上。屋裡射出的燈光下，已看不清風化的聖像，但她似乎想祈求什麼。

「媽，我到底是在哪出生的？」

母親和父親面面相覷。

「在祇園的櫻花下。」太吉郎斬釘截鐵說。

生在祇園的夜櫻下這種說法，豈不是和《竹取物語》的輝夜姬生在竹節之間的童話故事相似。

正因如此，父親反而可以說得斬釘截鐵。

既然生在花下，或許像輝夜姬一樣，有一天也會有使者從月宮來迎接？千重子想到這個玩笑，卻說不出口。

不管是棄嬰還是偷來的孩子，父母都不知道千重子出生於何處。想必也不知道千重子的親生父母是誰。

千重子很後悔問了不該問的問題。不過，不道歉似乎比較好。既然如此，自己為何會脫口冒出那個問題？雖然自己也不明白，但是也許是因為恍惚想起，真砂子說過北山杉村的某個姑娘和千重子長得一模一樣……

千重子不知該把眼睛往哪放，只好眺望高大的楓樹上方。不知是月亮出來了，還是鬧區的燈光映照，夜空微微泛白。

「天空也變成夏天的色彩了。」母親阿繁也抬頭看，「千重子啊，妳就是在這個家出生的。雖然不是我生的，但妳就是在這個家出生的。」

「是。」千重子點頭。

——正如千重子上次在清水寺對真一說過的，千重子不是阿繁夫妻從賞夜櫻的圓山公園偷抱來的新生嬰兒。是被遺棄在店門口的孩子。抱走她的，是太吉郎。

那已是二十年前的往事，太吉郎當時才三十幾歲，在外頭玩得很兇。妻子一時之間不相信丈夫的說法。

「你說得倒好聽……八成是讓藝妓生下孩子，你再帶回家來吧。」

「胡說八道。」太吉郎勃然大怒，

「妳仔細看看這孩子身上的衣服。這像是藝妓的孩子嗎？啊？像什麼藝妓的孩子嗎？」他說著，把孩子塞給妻子。

阿繁接過幼兒。把自己的臉貼在幼兒凍僵的臉蛋上。

「這孩子要怎麼辦？」

「到裡面慢慢商量吧。妳還發什麼愣。」

「才剛出生呢。」

因為不知道父母是誰就無法收養，於是太吉郎夫婦報戶口時，申報為自己的嫡女。取名為千重子。

俗話都說領養一個孩子後，就會跟著生出親生孩子，可惜阿繁生不出來。於是，千重子就以獨生女的身分被撫養，備受寵愛。歲月流逝，就連太吉郎夫婦都已不再惦記究竟是什麼樣的父母遺棄這孩子。也不知千重子的親生父母是生是死。

——這天的飯後收拾很簡單。只要把竹葉壽司的竹葉扔掉，湯碗收起即可。千重子一個人就解決了。

之後，千重子回到自己位於後院二樓的房間，翻閱父親之前帶去嵯峨尼庵的保羅・克利和夏卡爾的畫冊。才剛睡著不久，「啊！啊！」千重子就做惡夢發出夢囈驚醒了。

「千重子，千重子。」母親從隔壁房間呼喚，千重子還沒回答，母親已拉開紙門。

「是夢魘吧。」母親走進來，「做夢了……？」

她在千重子身旁坐下，打開枕畔的燈。

千重子也從被窩坐起。

「哎呀，流了這麼多汗。」母親從千重子的梳妝台取來棉紗做的手帕，替千重子擦拭額頭和胸口。千重子任由母親擺布。母親一邊暗忖，女兒的潔白胸脯真美，

「拿去，腋下也擦一擦……」說著把手帕交給千重子。

「謝謝媽。」

「是可怕的惡夢？」

「對。我夢見從高處墜落……倏然墜落可怕的青色中，深不見底。」

「這是任何人都常做的夢。」母親說。「墜落下去踩不到底。」

「……」

「千重子，妳這樣會感冒。換件睡衣吧？」

千重子點頭，心情卻仍無法平復。她想站起來，頓時有點踉蹌。

「好了好了，媽來幫妳拿。」

千重子坐著，拘謹又靈巧地換好睡衣。正要摺疊原先的睡衣時，

「不用摺了，沒關係。反正要洗。」母親接過來，扔到角落的衣架上。

之後又在千重子的枕畔坐下，

「只不過是做個那樣的夢……千重子，妳該不會發燒了吧？」說著，把手心貼在女兒額頭上。額頭反而是冰涼的。

「嗯……八成是大老遠走去北山杉的村子，累壞了吧。」

「……」

「瞧妳魂不守舍的樣子。媽也過來陪妳睡吧？」母親說著就想把被窩搬過來。

「謝謝媽……我已經清醒了，您安心回去睡吧。」

「好吧。」母親雖然這麼說，還是鑽進千重子的被窩。千重子縮身讓出位子。

「千重子都長這麼大了，已經不能讓媽媽抱著睡了。想想也滿好笑的吧。」

不過，母親很快就先安然陷入沉睡。千重子怕母親的肩膀著涼，伸手摸索一下之後才關燈。千重子睡不著。

千重子做的夢很長。她告訴母親的，只不過是夢境的結局。

起初，與其說是做夢，毋寧是在半夢半醒之間，愉快地想起今天和真砂子的北山杉村之行。真砂子說長得和千重子很像的女孩，也比那個村子更奇妙地清晰浮現腦海。

而夢境的最後，她墜落的那片青色，或許，也是深印她心中的杉山。

鞍馬寺的伐竹儀式，是太吉郎喜歡的活動。因為很有男子氣概。

對太吉郎而言，打從年輕時就看過多次早已不稀奇了，但他想帶女兒千重子去。更何況今年經費拮据，鞍馬那出名的火祭，也不在十月舉行了。

太吉郎擔心下雨。伐竹儀式是六月二十日舉行，還在梅雨季。

十九日當天，雨勢比平日的梅雨略大。

「下這麼大，明天該不會取消吧。」太吉郎不時觀望天空。

「爸，我一點也不在乎下雨。」

「雖說如此，」父親說，「還是希望天公作美……」

二十日也是陰雨綿綿，

「把窗子和櫃子都關緊。濕氣這麼重，別讓衣料受潮。」太吉郎吩咐店員。

「爸，那我們不去鞍馬了吧？」千重子問父親。

「反正明年還有。算了吧。而且鞍馬山的霧氣這麼濃……」

——伐竹儀式的工作人員不是僧人，主要是一般老百姓。被稱為法師。

為了準備伐竹，十八日會取雄竹、雌竹各四根，橫綁在豎立正殿兩側的原木上。雄竹切掉根部保留枝葉，雌竹保留根部。

面對正殿，自古以來將左邊稱為丹波座，右邊稱為近江座。

輪到主辦的那戶人家，就穿上代代相傳的素色長衫，腳踩武士草鞋，雙肩紮上袖帶，腰掛雙刀，將五條袈裟[6]像弁慶[7]頭巾那樣包裹頭部，腰間插著南天竹葉子，砍竹子的山刀則裝在錦袋中。在開路人的引導下走向山門。

下午一點左右。

身穿黑色直綴法衣的僧人吹響法螺，開始伐竹。

兩名稚兒齊聲對住持說，

「伐竹神事，可慶可賀。」

接著，稚兒上前走到左右兩座，各自讚頌：

「近江之竹，實為美善。」

「丹波之竹，實為美善。」

伐竹者先把綁在原木上的粗大雄竹砍下整理。細瘦的雌竹原封不動。稚兒稟報住持，

「伐竹完畢。」

僧侶們走進大殿開始誦經。用切枝的夏菊代替蓮花。住持走下祭壇，打開檜木扇，上下扇動三次。

隨著大喝一聲，近江、丹波兩座各有兩人把竹子砍成三段。

太吉郎就是想讓女兒看那伐竹的場面，正因下雨遲疑之際，秀男夾著包袱進門來，說道，

「小姐的腰帶，我終於織好了。」

「腰帶……？」太吉郎詫異，「我女兒的腰帶嗎？」

6 五條袈裟，日本的制式化法衣，以五片白布做成，故稱為五條袈裟。

7 弁慶，是平安時代末期的僧兵，以白袈裟裹頭。

秀男跪著退後一步，鄭重行禮。

「是鬱金香圖案的……？」太吉郎隨口說。

「不，是您在嵯峨的尼庵畫的那幅……」秀男非常嚴肅。

「那時，我年輕氣盛，真的對佐田先生很失禮。」

太吉郎內心驚愕，

「沒關係，反正只是我閒來無事的消遣。被你教訓後，我才霍然清醒，該是我向你道謝才對。」

「那條腰帶我已經織好，所以給您送來。」

「什麼？」太吉郎萬分驚訝。

「那張草圖，我都已經揉成一團扔進你家旁邊的小河了。」

「您扔了……？是嗎。」秀男穩如泰山，甚至顯得目中無人，「不過，只要讓我看過，我就記在腦中了。」

「畢竟你是靠這個賺錢嘛。」說著，太吉郎也沉下臉。

「不過，秀男。我扔到河裡的草圖，你為什麼還要織出來？你說說看，為什麼偏要織出來？」太吉郎連聲追問，不知是悲傷還是憤怒湧上心頭。

「缺乏心靈和諧，荒蕪又病態——這麼批評的，不正是秀男你嗎？」

「……」

「所以，我才會一走出你家門口，就把草圖扔進小河。」

「佐田先生，請原諒我。」秀男再次低頭鄭重道歉。

「我成天被迫織些無聊的東西，太累了，所以當時很煩躁。」

「我自己的腦子也有問題。嵯峨那間尼庵，清靜倒是很清靜，但是只住了一個老尼姑，另外就是白天來幫傭的阿婆，太寂寞，太寂寞了……況且，我店裡的生意也每下愈況，我認為你那番話很有道理。我這個批發商，根本犯不著自己畫設計圖。何必畫那種追逐新潮的花樣……不過……」

「我也想了很多。在植物園見到小姐後，我又思考了一番。」

「……」

「能否請您先看看腰帶再說？如果不中意，現在就用剪刀剪碎也沒關係。」

「好。」太吉郎點頭。「千重子，千重子。」他呼喚女兒。

和掌櫃並肩坐在帳房的千重子，起身過來了。

濃眉的秀男，緊抿著嘴，看起來自信十足，然他解開包袱的指尖微微顫抖。

他似乎不好意思對太吉郎開口，轉身面對千重子，

「小姐，請妳看看。這是令尊設計的圖案。」說著，把捲起的雙層腰帶交給她。整個人都僵硬了。

千重子稍微打開腰帶一端就說，

「啊，爸爸，您是從克利的畫冊得來的靈感吧。這是在嵯峨畫的嗎？」

說著把腰帶拉到膝上，

「哇，真好看。」

太吉郎板著臉不發一語。但他心裡其實很詫異，秀男居然把自己畫的圖案記得如此清晰。

「爸爸。」千重子發出純真的歡聲，「這條腰帶真的好棒。」

「……」

接著，她撫摸腰帶表面，對秀男說，

「織得很結實呢。」

「是。」秀男說著低下頭。

「可以在這裡攤開看嗎？」

「好。」秀男回答。

千重子站起來，在兩人面前攤開腰帶。她把手放在父親肩頭，就這麼站著端詳。

「爸，怎麼樣？」

「……」

「這不是很好嗎？」

「妳真的覺得好？」

「對。爸，謝謝您。」

「妳再看仔細一點。」

「這是新穎的圖案，所以也要看配什麼和服……但我覺得很棒。」

「是嗎。既然妳喜歡，應該向秀男道謝。」

「秀男先生，謝謝你。」千重子在父親身後跪地向秀男行禮。

「千重子。」父親喊道。「妳覺得這條腰帶有和諧感嗎？我是說心靈的和諧……」

「啊？和諧嗎？」千重子很意外，再次打量腰帶。「所謂的和諧，也要看和服，以及穿衣服的人本身……不過這年頭，開始流行刻意打破和諧的衣裳……」

「嗯。」太吉郎頷首。「老實告訴妳吧，千重子，我把這條腰帶的草圖給秀男看的時候，他說缺乏和諧感。所以，我就把草圖扔進秀男家的織機作坊旁邊的小河了。」

「……」

「可是看到秀男織出來的成品，居然和我扔掉的草圖完全一樣。當然顏料和絲線在色彩上還是有點差異。」

「佐田先生，對不起。」秀男伏身道歉，

「小姐，我有個不情之請，能否麻煩妳把腰帶稍微比一下給我看？」

「配這件和服嗎……」千重子站起來，把腰帶纏到腰上。千重子頓時變得光彩奪目。太吉郎的臉色也放鬆了。

「小姐，這是令尊的大作呢。」秀男說著，兩眼發亮。

千重子拎著大菜籃，走出店面。沿著御池通上行，前往麩屋町的湯波半，但她望著叡山至北山一帶火紅的天空，在御池通佇立片刻。夏天晝長夜短，距離暮色昏黃的時間還早，天色也並不冷寂。天空是大片熊熊燃燒的火紅。

「原來也有這種情形啊。第一次看到呢。」

千重子取出小鏡子，在那濃烈的雲彩中，照了一下自己的臉。

「永誌不忘，一輩子不忘……人或許也是隨心境而變化？」

叡山與北山，許是被那色彩壓倒，呈現深藍色。

湯波半已做好豆腐皮、牡丹腐皮和八幡卷。

「歡迎光臨，小姐。為了祇園祭已經忙得無暇分身，所以真的只接老主顧的訂單，還請多多包涵。」

這間店平時就只能預訂。在京都，有些糕餅店也是這樣。

「是祇園祭要用的吧。謝謝您長年惠顧。」湯波半的女店員，在千重子的籃中高高堆滿她訂的貨。

所謂「八幡卷」，就像鰻魚的八幡卷，是用腐皮捲牛蒡。至於「牡丹腐皮」，有點像炸豆腐，不過腐皮裡包的是銀杏之類的東西。

這家湯波半，在那場京都大火也逃過一劫，已有兩百年歷史。當然，還是有稍微整修過……比方說，小天窗鑲上玻璃，做腐皮的那個像火炕一樣的爐子，也變成磚砌。

「以前燒炭，作業時會有粉渣混入，凹凸不平地沾在腐皮上。所以就改用瓦斯了。」

「……」

方形銅鍋隔成一格一格，工人用竹筷靈巧地揭起有點凝固的上層豆腐皮，晾在上方的細竹棍上。竹棍分成上下好幾層，依照腐皮晾乾的程度依序向上移。

千重子走進作坊深處，把手放在古老的柱子上。和母親一起來時，母親總會撫摸中央那根古老的大柱子。

「這是什麼木頭？」千重子問。

「是檜木。很高對吧。而且是筆直的……」

千重子也摸摸那古老的柱子才離開。

千重子回家的路上，練習祇園祭音樂的聲音也逐漸高亢。

從遠地來觀光的人，或許會以為祇園祭只有七月十七日山車遊行那一天。頂多提早在十六日晚間的宵山[1]前來。

但是祇園真正的祭典，其實持續了整個七月。

七月一日，各區的山車「迎吉符」，並且開始奏樂。

兒童扮成稚兒搭乘的長刀山車，每年都在遊行隊伍打頭陣，至於其他山車的先後順序，就在七月二日或三日，由市長舉行抽籤典禮決定。

山車會在前一天架好，但七月十日的「洗神轎」大概算是祭典的正式開始。在鴨川的四條大橋洗神轎。雖說是洗，但神官其實只是用楊桐的樹枝沾水灑向神轎。

到了十一日，稚兒參拜祇園神社。是乘坐長刀山車的稚兒。稚兒騎駿馬，戴烏帽，身穿獵裝，率領侍從，去接受五位官階。五位以上就是殿上人[2]。

以前有神佛夾雜其中，因此陪在稚兒左右的孩童，也會被比喻成觀音和

1 宵山，祇園祭山車遊行前一天，等於是前夜祭。

2 殿上人，獲准進入清涼殿（天皇的起居場所）殿上間的人。

勢至二尊菩薩。此外，神給稚兒授階，也是代表稚兒和神舉行婚禮。

「那樣好奇怪。我是男生。」一水木真一被選為稚兒時就曾這麼抗議。

此外稚兒還得「別火」。換言之，吃的東西必須是和家人用不同的爐灶生火烹煮。以示潔淨。不過，如今那個也已省略，據說只會把稚兒的食物用打火石點火燒一燒。如果家人不小心忘了，據說稚兒還會主動催促「打火石，打火石」。

總之，稚兒的任務並非遊行一天就結束，因此就各方面而言都不簡單。還得去有山車遊行的各區逐一拜訪致意。祭典和稚兒，幾乎都要忙上一整個月。

比起七月十七日的山車遊行，京都人對十六日的宵山似乎更能體會情趣。

祇園會的日子已近。

千重子家的店舖，也卸下門口的格子門，忙著準備。

千重子是京都姑娘，而且住在靠近四條通的批發店，因此身為八坂神社信徒的千重子，對於年年舉行的祇園祭早已不稀奇。這是炎熱京都的夏日祭典。

她最懷念的，是真一坐在長刀山車上的稚兒模樣。每當祭典舉行，只要聽見祇園的樂聲，真一被山車上無數燈籠火光圍繞的模樣就會浮現眼前。真一和千重子那時大概都才七、八歲吧。

「就算是女孩子當中，也沒見過那麼漂亮的孩子。」

真一去祇園神社，被授與五位少將時，千重子也跟去看了，山車遊行時她也沿路隨行。打扮成稚兒的真一，當時也帶領兩名小童，來到千重子家的店裡打招呼。當真一喊著「千重子，千重子」時，千重子面紅耳赤地凝視他。真一化了妝，還塗抹口紅，千重子卻頂著曬黑的小臉。把緊靠紅格子門的長凳放倒，穿浴衣綁著紅色紮染三尺腰帶的千重子，正在和鄰居小孩玩仙女棒……

迄今，在音樂和山車燈光中，依然有那個扮成稚兒的真一浮現。

「千重子，妳何不去宵山逛逛？」晚餐後，母親對千重子說。

「您呢？」

「我要招呼客人，走不開。」

千重子出了家門後，加快腳步。四條通人潮洶湧，幾乎走不動。

不過，千重子很清楚四條通的哪一處有哪種山車，哪條小巷有哪種山車，因此通通逛了一圈。果然還是熱鬧。可以聽見各種山車的音樂。

千重子去「御旅所」[3]前，買了蠟燭點燃，供在神前。祭典期間，八坂神社的神明也會被請去御旅所。御旅所就在新京極出了四條後的南邊。

千重子發現，在那御旅所，似乎有個女孩正在做七次參拜。雖只看到背影，但她一眼就知道。所謂的七次參拜，就是從御旅所的神前稍微退下再走回去參拜，如此重複七次。期間，就算遇見熟人也不能開口講話。

「咦？」千重子覺得那個女孩很面熟。千重子不由自主也開始七次參拜。

女孩向西走，接著又回到御旅所。千重子就往相反的東邊走再回頭。不過，那個女孩祈禱得比千重子更真心誠意，也更久。

女孩似乎結束七次參拜了。千重子沒有像女孩走得那麼遠，因此幾乎是同時結束。

女孩目不轉睛盯著千重子。

「妳祈求了什麼？」千重子問。

「妳看到了？」女孩語帶顫抖。

「我想知道姐姐的下落……妳就是我姐姐。是神明指引我們相會。」女孩說著已熱淚盈眶。

她正是那個北山杉村的姑娘。

3 御旅所，神社祭典時，神轎在遊行途中休息或過夜之處。

御旅所掛的敬獻燈籠，以及參拜者們供奉的蠟燭，照得神前很明亮。但女孩流著淚絲毫不在乎光亮。熊熊火光燦爛照耀女孩。

千重子湧現堅強的意志，硬是保持鎮定。

「我是獨生女。沒有姐姐也沒有妹妹。」她說，但她的臉色蒼白。

北山杉村的姑娘抽泣，

「我知道了。小姐，對不起。對不起。」她連聲道歉。「我從小就一直惦記著姐姐不知在哪，所以認錯人了……」

「……」

「據說我們是雙胞胎，雖然不知她是姐姐還是妹妹……」

「只是湊巧長得有點像吧。」

女孩點頭，淚珠頓時滑落臉頰。她邊取出手帕擦眼淚邊說，「小姐，請問妳在哪出生……」

「就在這附近的批發街。」

「這樣啊。那妳剛才對神許了什麼願？」

「祈求父母幸福健康。」

「……」

「妳父親呢……？」千重子問。

「早就過世了……他替北山杉整枝，要跳到另一棵樹上時失足跌落，不巧撞到要害……我是聽村裡的人說的。那時我才剛出生，什麼都不知道……」

千重子大受衝擊。

──我之所以總想去那個村子，想眺望美麗的杉山，該不會也是受到父親靈魂的召喚？

還有，這個山村姑娘說她是雙胞胎。親生父親該不會是因為在杉樹頂上恍惚想起遺棄了雙胞胎之一的千重子，一時失神，才會失足跌落？肯定是那樣。

千重子的額頭冒出冷汗。四條通充斥的腳步聲和祇園音樂，似乎也漸漸遠去。眼前一片漆黑。

山村姑娘把手放在千重子肩上，用手帕替千重子擦拭額頭。

「謝謝。」千重子接過手帕，抹把臉後把手帕塞進自己的懷中，她卻渾然未覺。

「那妳母親呢……？」千重子小聲說。

「母親也……」女孩支吾。「我好像是生在比那個杉木村更深山的母親家鄉，可是她也不在了……」

千重子已不再追問。

來自北山杉村的女孩，當然是喜極而泣。淚乾後，臉上煥發光彩。

相較之下，千重子卻心亂如麻，甚至雙腳發抖必須用力站穩。她無法當下就立刻平復心情。不過，支撐她的，似乎是那女孩的健美。千重子無法像女孩那樣坦然歡喜。眼中的憂色似乎更深了。

就在她遲疑接下來該如何是好之際，

「小姐。」女孩喊她，伸出右手。千重子握住那隻手。那是皮膚粗糙厚實的手。和千重子柔嫩的手不同。但女孩似乎不以為意，緊握著她的手說，

「小姐，再見了。」

「啊？」

「我很高興……」

「妳叫什麼名字？」

「苗子。」

「苗子？我叫千重子。」

「我現在在村子當雇工，那村子很小，妳只要一說苗子，馬上就能找到我。」

千重子點頭。

「小姐，妳看起來很幸福。」

「對。」

「今晚碰面的事，我誰也不會說。我發誓。知道的，只有御旅所的祇園神明。」

苗子大概是看出，雖是雙胞胎，彼此卻已身分懸殊吧。千重子想到這裡，再也說不出話。可是，當初被拋棄的，明明是自己。

「再見了，小姐。」苗子再次說。「趁著現在沒人看見……」

千重子心頭一痛，

「我家的店鋪就在這附近，苗子，妳至少，就算只是打門前經過，也來走走好嗎？」

苗子搖頭，「妳家的人……？」

「家人？只有我爸媽……」

「不知怎的，我也這麼猜想。妳一定從小就備受寵愛吧。」

千重子拉著苗子的袖子，

「這種地方，不方便站太久。」

「的確。」

於是，苗子轉身面對御旅所，虔誠膜拜。千重子也慌忙效法苗子。

「再見。」苗子第三次說。

「再見。」千重子也說。

「我還有好多話想說，改天妳來村子吧。如果躲在杉林裡，誰也不會發現。」

「謝謝。」

然而，二人還是不自覺穿過人群，朝四條大橋的方向走去。

八坂神社的信徒非常多。宵山及十七日的山車遊行結束後，還有祭典繼續進行。家家戶戶敞開店門，擺上屏風裝飾。以前還展出過早期浮世繪、狩野派[4]、大和繪[5]、宗達的雙扇屏風。浮世繪的真跡中，也有南蠻屏風，在典雅的京都風俗中描繪了外國人。換言之，呈現出京都庶民豐饒富足的氣勢。

如今那也保留在山車上。使用了舶來品的中國織錦、法國掛毯、毛織品、金線織花錦緞、綴織刺繡等等。在桃山風格的大塊花團錦簇中，添加了與外國貿易的異國之美。

山車內部也有當時知名畫家畫的裝飾畫。看似山車柱子的車頭上，據說有些曾是海外貿易船的帆柱。

祇園音樂始終只是簡單的「咚咚鏘」，可是實際上有二十六種變化，據說和壬生狂言[6]的伴奏很像，也和宮廷雅樂相似。

宵山時，那些山車都掛滿燈籠裝飾，音樂也格外高亢。

四條大橋東邊沒有山車，不過，一路直到八坂神社似乎還是熱鬧非凡。

千重子走到大橋時，被人群推擠，和苗子拉開了距離。

苗子已說過三次「再見」，但千重子舉棋不定，不知該在這裡分開，還是該經過自家店門口，或是走到附近把自家店鋪的位置指給她看。面對苗子，似乎自然會湧現一股溫暖的親密感。

「小姐，千重子小姐。」正要過橋時，邊喊苗子邊走近的是秀男。他把苗子誤認為千重子了。「妳來看宵山啊，就妳一個人……？」

苗子不知所措。但是苗子沒有回頭看千重子。

千重子驀然躲到別人身後。

「呃，天氣真好……」秀男對苗子說。「明天應該也是好天氣。因為滿天星星……」

4 狩野派，日本畫派之一，始於室町時代後期的狩野正信，以屏風畫聞名。

5 大和繪，相較於中國式主題的「唐繪」，為平安時代描繪日本風景和風俗的繪畫。

6 壬生狂言，每年節分和四月、十月在京都壬生寺演出的默劇。

苗子仰望天空。期間，她一直在猶豫該如何回話。苗子當然不認識秀男。

「日前對令尊非常失禮，不過，那條腰帶還可以吧。」秀男對苗子說。

「是。」

「後來令尊沒有生氣嗎？」

「嗯……」苗子一頭霧水，無從回答。

然而，苗子始終沒有望向千重子。

苗子很猶豫。如果千重子願意見這個年輕男人，應該會主動走過來。男人的腦袋有點大，肩膀寬闊，兩眼發直，但在苗子看來絕非壞人。聽他提到腰帶，可見應該是西陣的織工。長年坐在織機前工作，體型多少會隨之改變。

「我年輕不懂事，對令尊設計的圖案說了不該說的話，但我想了一整晚，還是決定織出來。」秀男說。

「……」

「只要一次就好，妳繫過了嗎？」

「嗯……」苗子含糊其辭。

「妳覺得怎麼樣？」

大橋上沒有馬路那麼明亮，推擠的人潮幾乎擋住兩人的去路，儘管如此，秀男認錯人還是讓苗子感到不可思議。

雙胞胎如果在同一個家庭同樣被撫養長大，或許會難以分辨，可是千重子與苗子這對姐妹，過著截然不同的生活，在不同的地方長大。苗子猜想，這個男人說不定是近視眼。

「小姐，能否由我來設計，為妳精心織出一條腰帶，作為二十歲的紀念？」

「呃，謝謝。」苗子支吾其詞。

「沒想到能在祇園的宵山遇見妳，或許是神明垂憐，庇佑於腰帶。」

「……」

苗子只能猜想，千重子是不願讓這個男人知道自己是雙胞胎，所以才不肯過來兩人這邊。

「再見。」苗子對秀男說。秀男有點錯愕，但他還是回答，「好，再見。」接著又再次強調，「腰帶就交給我，可以吧。我會盡量趕在賞楓季前完成……」然後才離開。

苗子以目光搜尋，卻未找到千重子。

剛才的年輕男人和腰帶的事，對苗子都無關緊要。只有在御旅所前能夠遇見千重子，令她開心得如有神明賜福。她抓著大橋欄杆，凝望水面燈火半晌。

之後，她緩緩邁步走過橋邊。她打算走到四條通盡頭的八坂神社。

來到大橋中央。她看到千重子正在和兩個年輕男人交談。

「啊。」

苗子不由低聲驚呼，但她沒有主動走近。

三人的身影，不由自主映入眼簾。

千重子想，苗子和秀男究竟在聊什麼呢？秀男顯然把苗子誤認為千重子，不知苗子是怎麼回答秀男的，想必一定很窘迫。

也許千重子應該走到兩人身旁。但她裹足不前。不僅如此，當秀男對著苗子喊「千重子小姐」時，她還反射性地躲到人群背後。

這是為什麼？

在御旅所前見到苗子，帶給千重子的衝擊遠比苗子更強烈。苗子說她早就知道自己是雙胞胎，而且一直在尋找那個失散的姐姐或妹妹。可是千重子做夢也沒想過會有這回事。事情來得太突然，千重子根本無暇像苗子找到千重子那樣歡喜。

況且，親生父親從杉樹失足摔死，親生母親也早已過世的消息，千重子也都是從苗子那裡聽說後才知道的。那刺痛了她的心。

以往，她只是偶然聽鄰居私下議論，以為自己是棄兒。可她一直極力不去猜想，究竟是什麼樣的父母拋棄了她。反正想了也不可能知道。更何況，太吉郎和阿繁給她的深厚關愛，也讓她沒必要去想那些。

今晚在宵山聽到苗子說出真相，對千重子而言，未必是幸福。不過，對苗子這個同胞姐妹，似乎萌生一股溫情。

「她的心地比我更純真，也更勤快，身體似乎也很結實。」千重子呢喃。「說不定，將來有一天還要依靠她……」

就在她這樣恍恍惚惚走過四條大橋時，

「千重子，千重子。」她被真一叫住。「妳怎麼失魂落魄地一個人走路。臉色似乎也不大好？」

「啊，是真一啊。」千重子彷彿這才回神，「你以前打扮成稚兒坐在山車上真可愛。」

「那才累呢。不過現在回想起來倒是很懷念。」

真一有同伴。

「這是我哥，在唸研究所。」

真一的哥哥和弟弟長得很像，不客氣地對千重子點個頭。

「真一小時候很膽小，很可愛，長得又像小女生一樣漂亮，所以還被選為稚兒，真傻。」哥哥說著放聲大笑。

他們已來到大橋的中央。千重子看著真一的哥哥強悍的臉孔。

「千重子，今晚妳的臉色蒼白，好像很悲傷呢。」真一說。

「或許是因為在橋中央，被燈光照射的關係？」千重子說著，努力站穩。

「況且，宵山這麼多人，大家都行色匆匆，就算有一個女孩看似悲傷，那也不算什麼吧。」

「那怎麼行。」真一把千重子推向大橋欄杆。「妳稍微靠著休息一下吧。」

「謝謝。」

「今晚沒什麼河風……」

千重子抬手撫額，幾乎閉上眼。

「真一，你扮演稚兒坐在山車上，是幾歲的時候？」

「呃，算來應該是七歲吧。我記得是要上小學的前一年……」

千重子點點頭，沒吭聲。她把手伸進懷中，想拿手帕擦拭額頭和脖子的冷汗，頓時發現苗子的手帕。

「啊！」

那條手帕，擦過苗子的眼淚。千重子握著那個，不知是否該拿出來。她把手帕團在手心裡擦額頭。幾乎潸然淚下。

真一面露詫異。因為他知道，以千重子的個性，絕對不會把手帕揉成一團塞在懷中。

「千重子，會熱嗎？還是會冷？如果得了熱感冒會拖很久，妳還是趕緊回去吧……我們送妳。哥，可以吧？」

真一的哥哥點頭。剛才他一直盯著千重子。

「我家很近，你們不用送我了……」

「就是因為很近才更該送。」真一的哥哥斬釘截鐵說。

三人從大橋中央折返。

「真一，你扮成稚兒坐在山車上遊行時，真的知道我一直跟著走嗎？」千重子問。

「我記得，我記得。」真一回答。

「那時好小。」

「的確很小。稚兒如果在山車上東張西望，那多不像話。不過，我當時心想，一個小女孩居然能一路跟來。一定很累吧，被人推來擠去……」

「可惜已經不能再變那麼小了。」

「妳說什麼傻話？」真一四兩撥千斤地帶過，同時也暗自懷疑今晚的千重子究竟怎麼了。

把千重子送到店裡，真一的哥哥和千重子的父母客氣地寒暄。真一低調地站在哥哥身後。

太吉郎正在裡屋和一個客人喝祭神酒。他沒喝多少，只是為了陪客人。跪坐的阿繁傾身向前，屁股幾乎懸空地忙著伺候他們。

「我回來了。」千重子說。「妳回來啦，怎麼這麼快。」阿繁說著，觀察女兒的樣子。

千重子鄭重問候客人後，

「媽，我回來晚了，也沒幫上忙……」

「沒關係，沒關係。」母親阿繁對千重子使個眼色，和千重子一起去廚房。這是為了端熱酒出來，

「千重子，妳看起來心神不定，所以人家才送妳回來的吧。」

「對，是真一和他哥哥……」

「我想也是。妳的臉色很糟，站都站不穩。」阿繁伸手摸了一下千重子的額頭，「好像沒發燒，但妳看起來好像很難過。今晚家裡有客人，妳就跟媽一起睡吧。」說著，溫柔地摟住千重子肩膀。

千重子強忍幾乎落下的淚珠。

「妳先回後面二樓睡覺吧。」

「好，謝謝媽……」母親的慈愛，解開了千重子的心結。

「妳爸爸也是因為客人太少，覺得寂寞。晚飯的時候，本來還有五、六人……」

不過，結果還是千重子端酒過去。

「已經喝了不少了。就到此為止吧。」

千重子斟酒的手顫抖，只好用左手扶著，即便如此，還是微微哆嗦。

今晚，中庭的基督燈籠也點燃了。楓樹樹幹凹縫的兩棵紫花地丁也隱約可見。

雖然花已經凋謝，但上下兩棵小紫花地丁，或許就是千重子與苗子？兩棵紫花地丁看似永無相會之時，可是今晚不就見面了嗎？千重子在微光下看著兩棵紫花地丁，又想掉眼淚了。

太吉郎也察覺千重子有心事。不時望著千重子。

千重子悄然起身，上了後院二樓。平時睡覺的房間，已擺上客人的被褥。千重子從壁櫥取出自己的枕頭，鑽進被窩。

為了避免抽泣聲被聽見，她把臉埋進枕頭，抓著枕頭兩端。

阿繁上樓來，看到千重子的枕頭似乎濕了，立刻又拿了一個枕頭給她，

「拿去。我晚點再過來。」阿繁說完立刻下樓去了。她站在樓梯口，略為駐

足轉頭，卻什麼也沒說。

房間其實夠鋪三個被窩，卻只鋪了兩個。而且，那是千重子的被褥。母親似乎打算和千重子擠一個被窩。

不過，床腳倒是放了兩條摺疊好的夏季薄被，分別是母親和千重子的。阿繁沒給自己鋪床，卻把女兒的床先鋪好。雖只是小事，卻讓千重子感到母親的心意。

於是千重子不哭了。心情也平靜下來。

「我就是這家的孩子。」

雖然早就這麼認定，但是遇見苗子後，千重子頓時心亂如麻，難以自抑。

千重子走到梳妝台前，打量自己的臉。她本想化妝掩飾一下，卻又作罷。她只拿了香水瓶，在床上灑了一點。並且把細腰帶重新綁緊。

當然，她不可能安然入睡。

「我對苗子這個女孩，是不是太無情了？」

一閉上眼，中川村美麗的杉山就浮現眼前。

透過苗子的敘述，千重子對親生父母也大致了解了。

「我該對爸媽和盤托出嗎？還是該隱瞞此事？」

想必，這裡的爸媽都不知道千重子的出生地，也不知道千重子的親生父母是誰。雖然又想起親生父母「都不在這世上了……」，但千重子已經沒有眼淚。

街頭傳來祇園的音樂。

樓下的客人，似乎是近江長濱地區的縐綢商人。有點酒意後，嗓門也變得比較大，斷斷續續傳來千重子睡的後院二樓。

客人似乎在翻來覆去強調，山車隊伍現在之所以變成從四條通經過寬闊又現代化的河原町，拐進新闢的御池通，還在市公所前設置觀眾席，都是為了所謂的「觀光」。

以前山車會經過京都特有的巷道，有時甚至撞壞房子一角，但那樣也別有情趣，據說還有人會從二樓丟粽子下來。現在反倒是山車撒粽子。

四條通姑且不提，如果彎進窄巷，就看不見山車的下半截。絕對是那樣才有意思。

但太吉郎溫和地辯解，在寬闊的大馬路上，將山車全貌一覽無遺，才夠氣派。

千重子覺得，此刻在被窩，彷彿還能聽見山車巨大的木車輪拐彎時的聲音。

今晚客人似乎要睡在隔壁房間，千重子打算明天就把從苗子那裡聽來的經過告訴爸媽。

北山杉的村子，據說都是個人企業。不過，並非每家都擁有山地。有山地的反而少。千重子猜想，她的親生父母，應該也是地主雇用的工人。

苗子自己也說過，「現在當雇工……」

在二十年前那個時代，父母或許不僅覺得生雙胞胎很丟人，而且聽說雙胞胎不好養活，此外，也考慮到生活不易，所以才拋棄千重子。

——千重子有三個問題忘記問苗子了。千重子被拋棄，是在嬰兒時期，當時被拋棄的為何不是苗子而是千重子？父親是什麼時候掉下杉樹摔死的？苗子曾說那時她「剛出生」……還有，苗子說她自己「據說是生在比杉木村更深山的母親家鄉」。那又是什麼樣的地方？

苗子似乎認為，她和被拋棄的千重子如今已「身分懸殊」，所以苗子絕不可能主動來見千重子。若要談話，千重子必須自己去苗子的工作場所。

然而，千重子好像已無法在瞞著爸媽的情況下去找她了。

千重子曾經反覆閱讀大佛次郎的名作〈京都的誘惑〉。

文中的「用來做北山原木的杉林，青翠樹梢重疊如層雲，還有赤松纖細的樹幹耀眼排列，整座山彷彿音樂悠揚，飄來樹林的歌聲……」這段文章，浮現腦海。

比起祭典的奏樂和喧囂，那重巒疊翠的渾圓山頭，連綿不絕的音樂，以及樹林的歌聲，更能扣動千重子的心弦。透過北山常見的彩虹，彷彿又聽見那音樂和歌聲……

千重子的哀傷淡去。或許那本就不是哀傷。或許其實是遇見苗子的驚愕、慌亂、困惑。然而，身為一個女兒家，想必命中注定就是要流淚。

千重子翻個身，閉著眼傾聽山林之歌。

「苗子明明那麼高興，我這是怎麼了？」

過了一會，客人和爸媽上樓來了。

「請好好休息。」父親對客人道晚安。

母親把客人脫下的衣服摺疊好，走進這邊房間，正準備把父親脫下的衣服也摺好，

「媽，我來摺。」千重子說。

「妳還沒睡著？」母親交給千重子，自己躺下，開朗地說，

「好香，畢竟是年輕人。」

近江來的客人或許是醉了，隔著紙門，立刻傳來鼾聲。

「阿繁。」太吉郎喊旁邊被窩的妻子。「有田先生是不是想把他兒子送過來？」

「來當店員——不，社員嗎？」

「是做千重子的贅婿……」

「幹嘛說這個，千重子還沒睡呢。」阿繁想堵住丈夫的嘴。

「我知道。千重子聽見了也沒關係。」

「……」

「是他家二兒子。也被他派來咱們店裡好幾次了。」

「我不大喜歡有田先生。」阿繁壓低嗓門，卻堅定地表示。

千重子的山林歌聲消失了。

「對吧，千重子。」母親朝女兒那邊翻身。千重子睜開眼，卻沒回答。

一陣沉默。千重子交疊腳尖，躺著不動。

「有田先生是想要我們這間店吧。我是這麼猜想。」太吉郎說。「況且，千重子長得漂亮，是個好女孩，這些他也很清楚……他跟我們做買賣，當然也清楚我們的生意內容。想必店裡也有店員一五一十向他告密。」

「……」

「千重子就算再怎麼漂亮，我也沒想過要讓她為了店裡的生意結婚。阿繁，妳說是吧。那樣愧對神明。」

「就是啊。」阿繁說。

「我的個性，不適合做生意。」

「爸爸，讓您把那什麼保羅・克利的畫冊帶去嵯峨的尼庵，都是我的錯。」千重子爬起來，向父親道歉。

「沒關係，那是爸爸的喜好。是慰藉。現在，也是我的生存意義。」父親也微微低頭，「雖然我毫無設計圖案的才華……」

「爸。」

「千重子。咱們乾脆把這批發店賣掉，搬去西陣，再不然就在安靜的南禪寺或岡崎找個小房子，父女倆一起設計和服跟腰帶的圖案，妳說怎麼樣？妳能忍受貧窮的生活嗎？」

「我才不在意什麼貧窮……」

「是嗎。」父親就此沉默，之後似乎睡著了。千重子卻睡不著。

不過，隔天早上她很早就醒了，忙著在店前街道掃地，擦拭格子門和長凳。

祇園祭繼續。

十八日的後祭組裝山車，二十三日的後祭宵山，屏風祭，二十四日的山車遊行，之後還有獻神的古典劇，二十八日的洗神轎，回到八坂神社後，二十九日是宣告結束全部祭神儀式的奉告祭。

許多山車行經寺町。

千重子抱著種種心事，就這麼心神不寧地度過了幾乎長達一個月的祭典。

# 秋色

明治時代推行的「文明開化」保存至今的遺跡之一，就是行經堀川的北野線電車，但是如今也即將拆除了。那是日本最古老的電車。千年古都，也因最早引進某些西洋新鮮玩意而聞名。京都人的性情，想必也有這樣的一面。

不過，這種落伍的「叮噹電車」，到今天還在行駛，或許也別有一種「古都」風情。車身當然很小。坐著幾乎和對面的乘客膝蓋相碰。

不過，一旦真要拆除，或許又有幾分留戀，只見電車被假花裝飾成「花電車」。而且還載了一群穿著昔日明治時代服裝的人。藉此向市民廣告周知。這大概也算是一種「祭典」吧。

連日來，不需搭車的人都跑去湊熱鬧，老電車天天客滿。時值七月，也有人撐著陽傘。

京都的夏天比東京的太陽更大，不過東京現在已經很少看到撐陽傘走路的人。

太吉郎正想從京都車站前搭乘那輛花電車時，有個中年女人刻意躲在後面，像是在強忍笑意。不過，太吉郎的確也有明治時代的格調。

上電車時，太吉郎注意到那女人，有點不好意思，

「怎麼是妳，妳沒有明治的格調吧。」

「很接近明治了。況且，我家就在北野線。」

「對喔，我想起來了。」太吉郎說。

「就這麼一句輕描淡寫的『想起來了』，真無情……這下子想起我了？」

「妳還帶著可愛的孩子……這些年都把孩子藏在哪裡？」

「亂講……你明明知道不是我的孩子。」
「那可難說。我不懂女人……」
「這是什麼話，男人才教人看不透呢。」
女人帶的小女孩，長的真是玉雪可愛。年紀大約十四、五歲。穿著浴衣綁紅色細腰帶。女孩很羞澀，像要躲避太吉郎，坐在女人旁邊抿著嘴。
太吉郎輕扯女人的袖子。
「小千，妳坐中間。」女人說。
三人都有片刻沒說話，女人隔著女孩的腦袋對太吉郎耳語。
「我正在考慮，不如把這孩子送去祇園做舞妓。」
「她是哪家的孩子？」
「附近茶室的孩子。」
「是嗎。」
「也有人以為是你和我的孩子喔。」女人用若有似無的聲音咕噥。

「說什麼傻話。」

女人是上七軒[1]的茶室老闆娘。

「我們要去北野天神。是這孩子拉我去的……」

太吉郎知道老闆娘剛才是開玩笑，但他還是問，

「妳今年幾歲？」

「中學一年級。」

「嗯……」太吉郎望著女孩，「等我下輩子投胎轉世後再請妳關照吧。」

不愧是花柳街的孩子，太吉郎這句話雖然奇怪，但她好像還是聽懂了。

1 上七軒，和祇園甲部、祇園東、先斗町、宮川町並稱京都五大花街。在北野天滿宮附近。

「那妳幹嘛被這孩子拉著，就非得去北野天神。難不成這孩子是天神的化身？」太吉郎調侃老闆娘。

「是啊，是啊。」

「天神是男的吧……」

「投胎變成女人了。」老闆娘一本正經說，「如果做男人，又要受到流放的折磨。」

太吉郎差點笑出來，「做女人又怎樣？」

「做女人的話，這個嘛，如果是女人，就會被如意郎君寵愛。」

「是嗎。」

女孩長得很漂亮，這點毫無爭議。剪成妹妹頭的頭髮烏黑光亮。還有美麗的雙眼皮。

「是獨生女嗎？」太吉郎問。

「不是，她還有兩個姐姐。大姐明年春天就中學畢業了，到時候說不定會下海。」

「長得像這孩子一樣漂亮嗎？」

「像倒是很像，但是沒有這孩子這麼好看。」

「……」

上七軒現在一個舞妓也沒有。就算要當舞妓，按照規定也得等中學畢業才行。

既然叫做上七軒，以前想必只有七家茶室。太吉郎也曾從哪聽說，如今已增加到二十家之多。

以前——當然不是那麼久遠以前，太吉郎常和西陣的織坊老闆或外縣市的客戶去上七軒玩。當時的女人，不由自主浮現腦海。那時太吉郎店裡的生意也很興隆。

「老闆娘妳也很好奇啊。還來搭這種電車……」太吉郎說。

「人最重要的就是要念舊。」老闆娘說。「做我們這一行，就不能忘記老客人……」

「……」

「而且今天我正好送客人來車站，要搭這班電車回去……佐田先生才奇怪吧？一個人跑來搭車……」

「是啊，為什麼呢，其實只要看看花電車就行了。」太吉郎納悶地說，「不知是懷念從前，還是現在太寂寞。」

「你這把年紀還說什麼寂寞。跟我一起回去吧。去看看年輕姑娘也好……」

太吉郎差點就這樣被帶去上七軒。

老闆娘直奔北野天滿宮的神前，太吉郎只好也跟著。老闆娘虔誠祈禱了很久。少女也低頭膜拜。

老闆娘回到太吉郎身邊，說道，

「可以放小千回去了吧。」

「好。」

「小千，妳回去吧。」

「謝謝。」女孩向兩人致意。隨著越走越遠，逐漸變成中學生的活潑步伐。

「你好像特別中意那孩子。」老闆娘說。「再過兩三年，她應該就會出來賺錢了。你就拭目以待吧……她現在就很早熟了。因為長得漂亮嘛。」

太吉郎沒接話。太吉郎心想反正都已經來了，打算在神社遼闊的境內四處走走。然而，天氣實在太熱。

「去妳那邊休息一下吧。我累了。」

「好好好。我一開始就是這麼打算。你很久沒來了。」老闆娘說。

去了那老舊的茶室後，老闆娘一本正經地重新打招呼，

「歡迎光臨。真是久違了，我們都在說你最近不知在忙什麼呢。」她

說。

「你躺一會吧。我給你拿枕頭。啊，你剛才說寂寞是吧。要不要找個乖巧的孩子陪你聊天……」

「以前見過的藝妓我可不要。」

就在太吉郎開始打瞌睡時，一名年輕的藝妓進來了。藝妓安靜地坐了片刻。畢竟是初次見面，而且大概覺得這客人很難對付。太吉郎愣著發呆，完全無意炒熱話題。藝妓或許是為了激發客人的興趣，說她出道兩年來，喜歡過四十七個人。

「這個人數不正好是赤穗義士[2]嗎。多達四、五十人。現在想想，自己都覺得好笑……不過人家都笑話我，說那只是單相思。」

太吉郎終於清醒了，

「現在呢……？」

「現在一個人。」

這時，老闆娘也進包廂來了。

藝妓年約二十，不過，太吉郎思忖，那些不曾深交的男人，她真的記得有「四十七人」嗎？

此外，她還說當藝妓的第三天，帶討厭的客人去洗手間時，突然被強吻。她就咬了客人的舌頭。

「流血了？」

「對，那當然流血了。客人大發雷霆，叫我出醫藥費，我就一直哭，鬧出一點風波。不過，那也是對方自找的吧。那個人叫什麼名字我都忘了。」

「是喔。」太吉郎想，這個細身窄肩，當時才十八、九歲，看似溫柔的京都美人，居然情急之下敢咬人家舌頭啊。他不禁望著藝妓的臉。

2 赤穗義士，赤穗藩四十七名為主報仇的武士，大仇得報後切腹自殺。

「給我看看牙齒。」太吉郎對年輕的藝妓說。

「牙齒？我的牙齒嗎？說話的時候，不就看到了？」

「我想看得更清楚。聽我的就對了。」

「不要，那多難為情。」藝妓閉緊嘴巴。「您可真壞。這樣不就不能說話了嗎。」

她可愛的嘴巴，露出小巧的白牙。太吉郎開玩笑說，

「該不會是牙齒斷了，裝了假牙吧。」

「舌頭可是軟的。」藝妓脫口而出，「討厭，不來了啦……」說著，把臉藏到老闆娘背後。

過了一會，太吉郎對老闆娘說，

「都已經到這裡了，不如順便也去中里看看吧。」

「是……中里家的一定也會很高興。我陪你一起去吧？」老闆娘說著起身走了。大概是要去梳妝台前打扮一下吧。

中里的門面一如往昔，客廳卻已重新裝修過。

另一名藝妓加入，太吉郎在中里待到晚餐過後。

——秀男來太吉郎的店，就是在他外出這段期間。秀男說要見大小姐，千重子遂去前面店鋪。

「祇園祭時約定的腰帶圖案我已經畫好了，所以送來給小姐看。」秀男說。

「千重子。」母親阿繁喊她。「請人家到裡屋。」

「好。」

在面對中庭的房間，秀男讓千重子看了圖案。有兩張。一張是菊花，綴有葉片。秀男特地精心將葉片畫成新穎的形狀，甚至看不出那是菊葉。另一張是楓葉。

「真好看。」千重子看得入迷。

「能讓千重子小姐滿意，實在太好了……」秀男說。「要選哪一幅呢？」

「這個嘛，如果選菊花，一年四季都能用。」

「那麼，我就織菊花腰帶，好嗎？」

「……」

千重子低著頭，面露憂愁。

「兩幅都好……」她吞吞吐吐，「但是不能用杉樹和赤松的山景做圖案嗎？」

「杉樹和赤松的山景？好像有點困難，讓我想想看。」秀男狐疑地望著千重子。

「秀男先生，對不起。」

「這有什麼好道歉的……」

「那是因為……」千重子不知該不該說，「祭典那晚，在四條大橋上，和秀男先生許下腰帶約定的，其實不是我。你認錯人了。」

秀男啞然。他難以置信，面露失落之情。他是為了千重子，才在設計圖案時特別用心。此刻，千重子是打算徹底拒絕他嗎？

可是，就算是那樣，千重子的言行舉止還是有點費解。秀男的激動心緒，好不容易才稍微平復。

「難道我見到的是小姐的幻影嗎？那晚我是和千重子小姐的幻影說話嗎？祇園祭時，會出現幻影嗎？」不過，秀男沒說那是「意中人」的幻影。

千重子肅然斂容，

「秀男先生，當時，和你說話的，其實是我的姐妹。」

「……」

「是親姐妹。」

「……」

「我也是那晚，才第一次見到那個親姐妹。」

「……」

「關於那個姐妹，我還沒有告訴我爸媽。」

「啊？」秀男大吃一驚。他不明白。

「生產北山原木的村子，你知道吧？她就是在那裡工作。」

「啊？」

秀男驚愕得說不出話。

「中川町，你知道吧？」千重子說。

「對，不過只是搭乘公車經過……」

「請你織一條腰帶給她。」

「啊。」

「請你織給她。」

「是。」秀男依舊疑惑不解地點點頭，「所以，妳才提到赤松和杉山的圖案？」

千重子頷首。

「好吧。不過，會不會太貼近她的生活了？」
「那要看你怎麼設計吧？」
「……」
「她應該會好好珍惜一輩子。她叫做苗子，不是山林地主家的女兒，所以很勤快。比起我這種人，要能幹太多太多了……」
秀男依舊滿腹疑問，但他說，
「既然是小姐開口拜託，那我一定好好織出來。」
「我再說一次，是給苗子這個女孩喔。」
「我知道了。不過，她怎麼會長得那麼像千重子小姐？」
「因為是姐妹呀。」
「就算是姐妹……」
千重子還是沒告訴秀男她們其實是雙胞胎。
夏日祭典時多半衣著輕便，所以秀男在夜晚的燈光中把苗子誤認為千重子，或許也不全然是他眼花的問題。

美麗的格子門，還有一層外格子，也有長凳，還有深邃的店面——如今看來，這種房屋設計或許已被淘汰，但仍舊是京都傳統風格的氣派布料批發店，這種家庭的千金小姐，和北山杉的木材商雇用的女孩，怎麼會是姐妹，秀男百思不解。不過，那種隱私，不是他一個外人能夠追問的問題。

「腰帶織好之後，還是送來這裡嗎？」秀男說。

「這個……」千重子想了一下，「能否請你直接送去給苗子呢？」

「可以。」

「那就這麼辦。」千重子的委託，似乎滿懷真心誠意。「就是路途遙遠……」

「是。一點遠路不算什麼。」

「苗子不知會有多開心。」

「她真的會收下嗎？」也難怪秀男這麼懷疑。苗子八成只會驚訝吧。
「我會向苗子好好解釋。」
「是嗎。那就好……我一定親自送到她手上，她住在哪一家？」
這點千重子也還不知道。「苗子的住址啊……」
「是。」
「我改天再打電話或寫信告訴你。」
「這樣嗎。」秀男說。「比起有兩個千重子小姐的說法，我還是會當作是給小姐的腰帶，用心紡織，親自送去。」
「謝謝。」千重子鞠躬致謝。「拜託你了。你覺得很奇怪吧？」
「……」
「秀男先生，不是我的腰帶，請你好好織一條腰帶給苗子。」
「是，我知道了。」
秀男不久就離開了，但他還是如墜五里霧中。不過，腦子已自動開始思考腰帶圖案。赤松和杉山的圖案，如果不設計得格外大膽，作為千重子的腰帶，恐怕會顯得老氣。秀男似乎還把那個當成千重子的腰帶。不，如果是那個苗子的腰帶，必須避免太貼近苗子的勞動生活。正如他剛才也對千重子說過的。

秀男決定去那晚遇見「千重子化身的苗子」或「苗子化身的千重子」的四條大橋走走。然而，正午的陽光太熱。他倚靠大橋欄杆閉上眼，試圖傾聽的，不是人潮和電車的喧囂，而是幾乎細不可聞的潺潺流水聲。

今年千重子沒去看大文字。連母親阿繁都難得跟著父親出門了，千重子就負責看家。

父親和附近交好的兩三家批發店老闆，把木屋町二條下的茶室露台事先包下來了。

八月十六日的大文字，就是盂蘭盆節的送火[3]儀式。也有一說，是根據古人於晚間投擲火把，目送亡者靈魂從空中回歸冥府的習俗，演變成在山上焚火。

雖將東山如意岳的大文字稱為「大文字」，其實是在五座山頭點火。加上金閣寺附近大北山的「左大文字」，松崎山的「妙法」，西賀茂的明見山的「船形」，上嵯峨山的「鳥居形」，這五座山的送火相繼點燃。在那四十分鐘的期間，連市內的霓虹燈和廣告燈都一律熄滅。

送火照亮的山色，以及夜空的顏色，令千重子感到初秋色彩。

比大文字提早半個月的立秋前夕，下鴨神社會舉行度夏的祭神儀式。

千重子為了看左大文字那些，經常和幾個朋友爬上加茂河堤。

大文字本身，其實從小就看慣了，但是「今年又到了大文字的時候……」這種念頭，隨著她長大成人，逐漸湧上心頭。

3 送火，在家門口或路口生火，將盂蘭盆節回來的祖先靈魂送回陰間。

千重子走到店門口，在長凳旁和鄰居小孩玩。年幼的孩子似乎根本不在意大文字。對他們來說放煙火更有趣。

不過，今年夏天的盂蘭盆節，千重子有新的感傷。因為她在祇園祭見到苗子，從苗子口中得知親生父母早已過世。

「對了，不如明天就去見苗子吧。」千重子想。「關於秀男織的腰帶，也得好好跟她解釋……」

翌日下午，千重子一身不起眼的裝扮出門了。——千重子還沒在白晝陽光下見過苗子。

她在菩提瀑布下了公車。

北山町想必正是忙碌的季節。男人們已經忙著削除杉樹原木的外皮。杉皮堆得很高，散落滿地。

千重子略帶猶豫地走了一會，苗子飛奔而來。

「小姐，妳來了。真的是，真的是太好了……」

千重子看著苗子的工作打扮，

「現在方便嗎？」

「沒事，今天我已經請假了。千重子小姐難得來……」苗子氣喘吁吁，「我們去杉林裡說吧。誰也不會發現。」說著拉扯千重子的袖子。

苗子匆忙摘下圍裙，鋪在泥土地上。丹波棉布做的圍裙，連背後都能包覆，因此大小足以讓兩人並肩坐下。

「請坐。」苗子說。

「謝謝。」

苗子取下包頭的手帕，用手指撩起頭髮，

「小姐能來真是太好了。我好高興，好高興……」說著兩眼發亮地凝視千重子。

周遭瀰漫土味和樹木味，換言之，杉林的氣息濃烈。

「待在這裡的話，從下面看不見我們。」苗子說。

「我喜歡漂亮的杉林，偶爾也會來，但這是我第一次走入杉山。」千重子說著眺望四周。粗細幾乎都一樣的杉林筆直聳立，圍繞兩人。

「因為這是人工製造的杉林。」苗子說。

「什麼？」

「這些樹看起來該有四十年吧。已經要砍下做成柱子了。如果不砍伐，或許再過一千年還能繼續變粗變高。偶爾我會這麼想。我比較喜歡原始林。這個村子，說穿了等於是在製造切枝的花……」

「……？」

「這世上，如果沒有人類，想必不會有京都這個城市，只有自然林，或者長滿雜草的原野吧。這一帶，應該也會變成鹿或野豬的地盤。這世上為什麼要有人類呢？人類太可怕了……」

「苗子，妳居然這麼想？」千重子很吃驚。

「對，偶爾會這麼想……」

「苗子妳討厭人嗎？」

「我很喜歡人……」苗子回答。「雖然我最喜歡的就是人，但是如果這世間沒有人，會變成怎樣呢？在山中迷迷糊糊小睡後，有時我會忽然這麼想……」

「那是潛藏在妳心底的厭世心態吧？」

「我最討厭厭世那種想法。每天都開開心心努力工作……可是，人哪……」

「……」

兩個女孩待的杉林，忽然變暗了。

「是午後雷陣雨吧。」苗子說。雨水累積在杉樹枝頭的葉片，變成大顆水滴落下。

而且還伴隨響亮的雷聲。

「好可怕，好可怕。」千重子臉色發青，握住苗子的手。

「千重子小姐，妳屈膝縮起身子。」苗子說著，覆在千重子身上，幾乎完全把她抱在懷中。

雷聲越來越驚人，雷電交加中，不時發出巨響。聽來彷彿山崩地裂。

雷電似乎接近兩個女孩的正上方。

杉林的樹梢被雨滴打得沙沙作響，每次閃電出現時，亮光直劈地面，甚至照亮兩個女孩周遭的杉樹樹幹。美麗筆直的成排樹幹，霎時也變得陰森詭異。還不及多想，又是一陣雷聲。

「苗子，雷好像會劈下來。」千重子把身子縮得更小。

「或許會。但是不會落到我們頭上。」苗子堅定地說。「怎麼可能會。」

之後，她試圖把千重子抱在懷中保護得更嚴密。

「小姐，妳的頭髮有點淋濕了。」她拿手帕擦拭千重子後腦的頭髮，將手帕對折後，罩在千重子的頭上。

「或許會落下一點雨滴，但是小姐放心，絕對不會有雷電落到小姐的頭上或身旁。」

本性堅毅的千重子，聽著苗子堅定的聲音，也稍微冷靜下來，

「謝謝……真的謝謝妳。」她說。「妳為了保護我，自己都淋濕了。」

「反正我這是工作服，沒關係。」苗子說。「我很高興。」

「妳腰上發亮的是什麼……？」千重子問。

「啊，我都忘了。是鐮刀。我剛才在路旁修整杉樹原木的外皮，看到妳就急忙跑來，所以還帶著鐮刀。」苗子這才想起來，說聲「真危險」，把鐮刀扔得遠遠的。那是沒有木柄的小鐮刀。

「要走的時候再去撿。但我不想回去……」

雷電似乎正經過兩人頭上。

千重子清楚感到，苗子奮不顧身保護自己的姿態。

雖是夏天，山中的午後雷陣雨，似乎還是讓手指發冷，可是苗子從脖子到腳包覆自己的體溫，蔓延到千重子全身上下，並且深深滲透心底。那是難以言喻的親密溫情。千重子滿心幸福，閉著眼半晌沒動，

「苗子，真的謝謝妳。」她再次說。「在母親肚子裡時，妳大概也這樣抱著我吧。」

「哪裡，應該是互相推擠，拳打腳踢才對吧。」

「說得也是。」千重子發出充滿親情的笑聲。

大雨似乎也伴隨雷聲遠去了。

「苗子，真的謝謝妳……應該已經沒事了吧。」千重子挪動，試圖從苗子身子底下爬起來。

「對。不過，就這樣再待一會好嗎。杉葉上累積的雨滴還在掉落……」

苗子抱著千重子。千重子把手放到苗子的背上，

「妳都濕透了。不冷嗎？」

「我習慣了，這不算什麼。」苗子說。「小姐能來我太高興了，渾身火熱。小姐也有點淋濕了。」

「苗子，父親從杉樹摔落，就是在這一帶嗎？」千重子問。

「我不知道。那時我也是嬰兒。」

「母親的家鄉在哪……？外公外婆還在嗎？」

「這個我也不知道。」苗子回答。

「妳不是在母親家鄉長大的嗎？」

「小姐，妳幹嘛問這種事？」被苗子嚴肅質問，千重子把話吞回肚裡。

「小姐身邊，不會有那種人。」

「……」

「只要能把我當成姐妹，我就感激不盡了。是我在祇園祭時太多嘴

了。」

「不，我很高興。」

「我也是……不過，我絕對不會去小姐家的店。」

「我會讓妳能夠正大光明來訪。也會告訴我爸媽……」

「千萬不可。」苗子態度堅決，「但是小姐如果像剛才那樣有困難，我就算死也會去保護妳……妳了解我的意思吧。」

「……」千重子的眼頭發熱，

「苗子，祭典那晚，被人誤認成我，妳一定很驚慌吧。」

「對。妳是說那個講什麼腰帶的人吧。」

「那個年輕人，是西陣腰帶店的織工，為人踏實……他當時對妳說，要替妳織一條腰帶吧。」

「因為他把我當成妳了。」

「前幾天他拿那條腰帶的設計圖來給我看。於是，我就告訴他那不是我，是我的姐妹。」

「什麼？」

「我還拜託他，請他替我那個叫做苗子的姐妹織一條腰帶。」

「給我織……？」

「你們不是約定好了嗎。」

「那是他認錯人。」

「他也替我織了一條，所以我只是請他給妳也織一條。就當作我們姐妹的象徵……」

「我……」苗子愕然。

「祇園祭時，不是約好了嗎。」千重子溫柔地說。

苗子護著千重子的身體變得有點僵硬，動也不動。

「小姐，小姐有難時，我很樂意代替妳做任何事，可是叫我代替妳收束西，我可不願意。」苗子斬釘截鐵說。

「那樣太無情了。」

「我不能代替妳。」

「妳可以。」

千重子極力試圖說服苗子，

「就當是我送妳的，妳也不肯收下嗎？」

「……」

「是我想送給妳，才請那人織的。」

「這樣有點不對吧。祭典當晚，那人是認錯人，他說的是想送腰帶給千重子小姐。」苗子停頓了一下，「那個腰帶店的人，那個織工，他很仰慕小姐吧。我好歹也是個女人，所以看得很清楚。」

千重子按捺羞赧，

「因為這樣，妳才不肯收？」

「……」

「我已經跟他說了，是請他織給我的姐妹……」

「我收下就是了，小姐。」苗子率真地讓步。「都是我說了不該說的話，對不起。」

「那個人，會把腰帶送去妳住的地方，妳現在住在哪戶人家？」

「村瀨家。」苗子回答，「那是高級腰帶吧。我這種人，哪有場合繫那種腰帶。」

「苗子，人的將來誰也說不準喔。」

「是嗎，說的也是。」苗子點點頭，「雖然我也沒想過要出人頭地……不過就算沒機會繫，我還是會當成寶物珍藏。」

「我家的店很少經手腰帶，但我會幫妳找一件適合搭配秀男先生那條腰帶的和服。」

「……」

「我爸個性古怪，最近漸漸厭倦做生意了。像我家這樣，算是賣各種雜貨的批發店，不可能經手的都是好料子。況且現在化纖織品和毛織品也越來越多……」

苗子仰望杉樹的樹梢，從千重子背後站起來。

「還有一點雨滴……小姐，讓妳受委屈了。」

「哪裡，多虧有妳……」

「小姐，妳何不也稍微幫忙家裡做生意？」

「我嗎……？」千重子驚愕地站起來。

苗子的衣服已濕透，緊貼著肌膚。

苗子沒有把千重子送到公車站。與其說是因為渾身濕透，大概還是怕惹人注目吧。

千重子回到店裡時，母親阿繁正在一路通到底的土間後方，替店員們準

備午茶點心，

「妳回來啦。」

「媽，我回來了。抱歉這麼晚才回來……爸爸呢？」

「他又鑽進簾子裡，好像在思考什麼。」母親凝視千重子，「妳去哪了？衣服又濕又皺的，快去換衣服。」

「好。」千重子上後院二樓，慢慢地換衣服、坐了一會。等她下樓時，母親已把午茶點心給店員分發完畢。

「媽。」千重子的聲音有點顫抖，「有件事，我想跟媽一個人說……」

阿繁點點頭，「去後面二樓說吧。」

在那裡，千重子變得有點拘謹，

「這裡也下了午後陣雨嗎？」

「午後陣雨？今天沒下雨，不過妳要跟我說的應該不是下雨吧？」

「媽，我去了北山杉的村子。在那裡，有我的姐妹……不知是姐姐還是妹妹，總之我是雙胞胎。今年的祇園祭，我第一次見到她。聽說我的親生父母都早已過世了。」

阿繁當然很意外。她默默凝視千重子的臉。「北山杉的村子……？是嗎？」

「我無法瞞著媽。雖然祇園祭加上今天，我只見過她兩次……」

「是個姑娘啊，她現在在做什麼？」

「在那個杉木村，替某戶人家工作。是個好女孩。她不肯來我們家。」

「是嗎。」阿繁沉默片刻，「既然知道了就好辦了。所以，千重子妳……」

「媽，千重子是這個家的孩子。請您像過去一樣，把我當成這個家的孩子。」她說著，露出真摯的神色。

「這是當然。千重子已經做我的孩子二十年了。」

「媽……」千重子把臉埋在阿繁的膝上。

「其實，打從祇園祭後，雖然不明顯，但我發現妳常常在發呆，我本來還想問妳是不是有了喜歡的對象。」

「……」

「改天不如請那孩子來家裡一趟吧？等店員下班走了之後，晚上也可以。」

千重子趴在母親膝上微微搖頭，

「她不會來的。她還喊我小姐……」

「這樣啊。」阿繁撫摸千重子的頭髮，「謝謝妳肯告訴我。她長得和妳像嗎？」

丹波罐裡的鈴蟲，開始微微鳴叫。

# 松綠

接到消息說南禪寺附近有合適的房子要賣後，太吉郎慫恿妻子和女兒，不如趁秋高氣爽出去散步，順便看看房子。

「你打算買嗎？」阿繁說。

「看了再說。」太吉郎突然不高興了，

「好像還滿便宜的，就是有點小。」

「……」

「就算只是出去走走也好。」

「話是沒錯……」

阿繁有點不安。買下那房子後，要往返現在的店面通勤嗎——和東京的銀座、日本橋一樣，京都中區的批發街，如今也有很多店主另有房子，每天通勤上下班。若是那樣還好。這表示店裡的生意雖然每下愈況，至少還有餘力足以在別處買個小房子。

可是，太吉郎該不會打算把店賣掉，搬到那個小房子「隱居」吧？或者，那也該趁經濟還有餘力時早做決斷比較好。可若是那樣，搬到南禪寺附近的小房子後，他打算靠什麼過日子呢？丈夫也已過了五十五歲，阿繁希望能讓他隨心所欲地過日子。店鋪應該可以賣不少錢。可是如果光靠利息度日，還是會很不安吧。如果有人能夠妥善運用那筆錢做投資，應該可以過得更輕鬆，但是阿繁一時之間想不出那樣的人選。

母親這種不安，雖未說出口，做女兒的千重子似乎也能感知。千重子還年輕。看母親的眼神中流露安慰。

反倒是太吉郎，看起來開心快活。

「爸，如果要去那一帶散步，能不能順便經過青蓮院？」千重子在車上懇求。「只要在入口前停一下就好……」

「是為了樟樹吧，妳想看樟樹？」

「沒錯。」千重子很驚訝父親的靈敏直覺。「是為了樟樹。」

「去吧去吧。」太吉郎說。「爸爸年輕時，也曾在那高大的樟樹樹蔭下，和朋友談天說地。——不過那些朋友都已不在京都了。」

「……」

「那一帶，到處都令人懷念。」

千重子任由父親沉浸在年輕時的回憶中半晌後，

「我畢業後，也沒有在白天看過那裡的樟樹。」她說。

「爸爸，你知道夜間觀光巴士的參觀行程嗎？在寺院方面，安排了一個青蓮院，巴士抵達後，會有幾個和尚提著燈籠出來迎接。」

在和尚提的燈籠光暈中，遊客被帶往玄關，那段路相當長。不過，情趣想必也就在這點吧。

根據觀光巴士的導覽文章，青蓮院的尼僧們，會以抹茶招待。可是，被帶去大廳後，

「雖然早就知道不可能在客人面前演示點茶的全套步驟，但是這麼多客人，他們只用一個大托盤，放滿簡陋的茶杯端出來，就草草打發了。」千重子說著笑了。

「或許其中也夾雜尼姑，可是動作快得一眨眼就不見了……太令人失望了，茶也不熱。」

「那也沒辦法。如果慢慢來，太耗費時間了吧。」父親說。

「是啊，那倒還好。問題是還從四面八方打燈照亮那寬敞的院子，和尚出來站在院子中央，展開一席長篇演講。滔滔不絕地介紹青蓮院。」

「……」

「走進寺院後，不知從哪一直響起琴聲，我還和朋友說，不知是真人彈

琴還是留聲機放的音樂……」

「是嗎。」

「後來，又去看祇園的舞妓，在歌舞排練場表演了兩三支舞，啊呀，那叫什麼舞妓啊。」

「怎麼了？」

「雖然的確垂著舞妓那種長腰帶，可是服裝好像很寒酸。」

「誰知道。」

「離開祇園後，就去花街島原的角屋[1]參觀太夫[2]。太夫的服裝才是貨真價實。侍女也是……在特大號蠟燭的照明下，那個，是叫做喝交杯酒嗎，總之就是稍微做個樣子，之後，就在玄關的土間，給我們看一下太夫遊街的架勢。」

「是嗎，光是能看到那些，已經很不得了了。」太吉郎說。

「是。青蓮院的提燈迎客，和島原的角屋參觀都不錯。」千重子回答。

「我記得之前好像也跟你們說過這件事……」

「改天妳也帶媽去看看。我還沒見過角屋和太夫呢。」母親說，這時車子已抵達青蓮院前。

千重子為什麼臨時想到來看樟樹？是因為之前走過植物園的樟樹林蔭道？抑或，是因為北山杉是人工栽培，她說過喜歡天然的大樹？

不過，青蓮院入口的石牆上，只有四棵樟樹排成一列。其中，最靠外面的那棵似乎最古老。

千重子三人站在那樟樹前舉目眺望，什麼也沒說。定定看久了，大樟樹的枝椏以奇妙的彎曲方式伸展或交纏的模樣，彷彿蘊藏什麼詭異的力量。

1 角屋，昔日島原的揚屋（料亭），建築本身被指定為國家文化遺產，目前成為文化美術館。

2 太夫，和花魁不同，賣藝不賣身，是藝妓的最高稱號。不過江戶時代在京阪地區也將高級妓女稱為太夫。

「看夠了吧？走吧。」太吉郎說著，朝南禪寺邁步走去。

太吉郎從懷中錢包取出寫有那棟出售房屋路線圖的紙條打量，

「哪，千重子，樟樹爸爸不了解，不過應該是生長在溫暖地區的南方樹木吧。比方說熱海或九州那邊，就有很多吧。這裡的雖是老樹，但妳不覺得很像大型盆栽？」

「這不就是京都的風格嗎？無論是山，是河，或是人……」千重子說。

「噢，也對。」父親點點頭，

「不過人不見得各個如此。」

「……」

「無論現代人，或是從前的歷史人物……」

「是啊。」

「如果照千重子這麼說，日本這個國家不也是這樣。」

「……」千重子對於父親把話題擴大範圍，雖覺頗有道理，「可是爸爸，無論是樟樹的樹幹或異樣伸展的枝椏，如果仔細看，您不覺得很可怕嗎，好像很有力量？」

「那倒是。年輕女孩也會有那種想法？」父親轉頭看樟樹，之後，定睛凝視女兒，「的確如千重子所言。就像千重子烏黑油亮的頭髮會變長……爸爸也變得遲鈍了。老糊塗了。哎，妳這番話說得好。」

「爸爸。」千重子懷著強烈的情感喊父親。

從南禪寺的山門探頭向裡看，雖然安靜遼闊，但一如往常，人影稀少。

父親看著出售房屋的路線圖向左轉。那棟房子看起來的確很小，但是土牆很高，位於深處。從窄門通往玄關的路上，兩側開滿成排的胡枝子白花。

「瞧，多漂亮。」太吉郎在門前對著胡枝子的白花看得入迷，佇立原地。不過，他已經不想參觀這棟房子是否可買了。因為他看到隔壁的隔壁那間略大的房子，被改裝成料亭旅館。

然而，成排的胡枝子白花，令他流連忘返。

看花之前，太吉郎先吃了一驚，因為他才一陣子沒來，南禪寺前大馬路邊的房子，多半已變成料亭旅館。其中還有拆掉改建，變成專接大型團體客的旅館，只見外縣市來的學生吵鬧進出。

「房子看起來是不錯，但這樣不行。」太吉郎在開滿胡枝子的房子門口嘀咕。

「將來，整個京都恐怕都會變成料亭旅館啊，就像高台寺那邊一樣……大阪和京都之間也成了工廠地區，西京一帶雖然還有空地，但就算不在意交通略為不便，也不知附近會變成怎樣，說不定哪天就蓋起時髦房子……」父親面露失望。

太吉郎或許是對成排胡枝子白花依依不捨，走了七、八步後，又獨自折返，再次眺望。

阿繁與千重子就在路旁等他。

「開得真美。想必有什麼種花的訣竅吧。」他說著，回到兩人身旁，「不過，應該用竹架支撐才對……一旦下雨，經過時可能會被胡枝子的葉子弄濕衣服，石板路就不能走了。」父親說。「如果屋主想到今年也有胡枝子盛開，可能還不會想賣房子吧。可是真到了非賣不可的時候，恐怕也不在乎胡枝子究竟是凋謝還是長得太亂了。」

母女倆沒說話。

「人就是這樣吧。」父親有點神色黯然。

「爸，您這麼喜歡胡枝子嗎？」千重子極力保持開朗，「今年已經來不及了，不過，明年讓我替爸爸設計一件胡枝子圖案的小紋吧。」

「胡枝子是女裝的花色吧。胡枝子通常是女人的浴衣花色。」

「那我偏要試著設計出不像女裝、不像浴衣的花色。」

「是嗎。小紋啊，做內衣嗎？」父親看著女兒。用笑意敷衍，「那爸爸為了表示謝意，也替千重子設計一件樟樹花色的和服或外褂吧。像妖精一樣的花色……」

「……」

「這樣好像男女顛倒啊。」

「哪有顛倒。」

「妳敢穿著像妖精一樣的樟樹花色走在路上？」

「我當然敢，去哪都沒問題……」

「是嗎。」

父親低下頭，似乎陷入沉思。

「千重子，我其實也不是獨愛胡枝子白花，不管什麼花，在某些時間和場合看了，都會令人動容。」

「是啊。」千重子接話，「爸爸，既然已到這邊，龍村就在附近，我想順便過去看看……」

「啊，妳是說那間做洋人生意的店嗎……阿繁，妳說呢？」

「千重子想去就去吧。」她隨口說。

「是嗎。龍村沒有賣腰帶……」

那一帶是下河原町氣派的豪宅區。

千重子走進店內，開始專心看右邊成排掛起或者捲起的女裝絲綢布料。這些不是龍村自家生產的，是鐘紡的產品。

阿繁湊過來，「千重子妳也打算穿洋裝？」

「不，不是的，媽。我只是好奇外國人喜歡的絲綢是什麼樣子。」

母親點點頭。站在女兒身後。不時伸指觸摸絲綢。

以正倉院收藏的染織品為主的古代布片花色複製品，掛在店內中央的房間及走廊。

這些才是龍村的產品。太吉郎記得看過幾次龍村的展覽，也看過那些古代布片的原本和圖錄，知道那些名稱，但他還是忍不住仔細端詳。

「這樣可以讓西洋人知道，我們日本也做得出這種東西。」認識太吉郎的店員說。

太吉郎以前來的時候也聽過這番說詞，但他此刻還是頷首贊同。即便是唐土等地的複製品，他也說，

「古人真了不起……這有千年歷史了吧。」

在這裡，那些古代複製品的大塊布頭似乎是非賣品。——在別處也有織成女用腰帶的，太吉郎很喜歡，買過幾條給阿繁和千重子，但這間店似乎專門迎合西洋人的喜好，沒有賣腰帶。大型商品頂多只有桌巾。

在櫥窗中，陳列著手提袋、錢夾、煙盒、小方巾等零碎小物。

太吉郎買了兩三條很不像龍村產品的龍村領帶，以及「揉菊」[3]錢夾。

「揉菊」是將光悅[4]在鷹峰創出的「大揉菊」這種紙類工藝品，複製在布料花紋上，手法算是比較新穎。

「我記得東北某些地方，至今還在用堅韌的和紙做類似的東西。」太吉郎說。

「是，是。」店員回答。「我們並不清楚和光悅的關聯……」

後方的裝飾櫃上，陳列著SONY的小型收音機，令太吉郎三人很驚訝。就算是為了「賺外匯」，這種委託品也未免太不搭調……

三人被請到裡面的會客室喝茶。店員說，那些椅子，也曾有許多來自外國的所謂「貴賓」坐過。

玻璃窗外，有一片面積雖小卻很罕見的杉林。

「那是什麼杉樹？」太吉郎問。

3 揉菊，做陶藝時搓揉黏土的方法之一。搓揉時黏土上會浮現菊花花瓣似的紋路因此稱之。

4 光悅，本阿彌光悅，江戶初期的書法家、陶藝家、工藝師、茶人。

「我也不大清楚……好像是叫做廣葉杉。」

「怎麼寫？」

「花匠不識字，所以沒有求證過，但應該是廣闊的廣，葉子的葉吧。據說是生長在本州以南的樹木。」

「樹幹怎麼是那個顏色……？」

「那是青苔。」

小型收音機響了，轉頭一看，一名年輕男子正對三、四個西洋婦女解說。

「啊，是真一的哥哥。」千重子說著站起來。

真一的哥哥龍助，也朝千重子走來。向坐在會客室椅子上的千重子父母行禮。

「你在替那幾位女士做導覽？」千重子說。雙方接近後，千重子就感覺真一的哥哥和平易近人的真一不同，有種咄咄逼人的氣勢，讓人不知該跟他說什麼。

「不算是導覽，本來跟著她們做翻譯的朋友，妹妹不幸過世了，所以我替他代班三、四天。」

「天啊，他妹妹……」

「對，大概比真一還小兩歲吧。是個可愛的女孩……」

「……」

「真一不是英文不好嗎，又害羞。所以，只好由我來……不過在這間店，其實不需要翻譯……況且，又是會來這種店買小型收音機的客人。她們都是住在都飯店的美國太太。」

「這樣啊。」

「這裡離飯店很近，所以順路過來看看。其實她們該仔細瞧瞧龍村的織品，結果卻去買小型收音機。」龍助小聲笑了，「不過不管買哪個當然都好。」

「我也是頭一次看到店裡居然賣收音機。」

「反正不管是小型收音機還是絲綢，一美金就是一美金，都一樣。」

「是啊。」

「剛才去院子，池塘裡有各色錦鯉，我還在想，如果她們詳細追問起這個，我該怎麼說明，結果她們只是滿嘴好漂亮好漂亮，倒是讓我省事不少。因為我對錦鯉也不大了解。也不知道錦鯉的各種顏色用英文要怎麼說才正確。還有帶斑紋的錦鯉顏色……」

「……」

「千重子小姐要不要去看錦鯉？」

「那些女士呢？」

「交給這裡的店員就行了，況且也差不多到了該回飯店喝午茶的時間。她們還要和丈夫會合，一起去奈良。」

「那我跟我爸媽說一聲。」

「好，我也去跟客人說一下。」龍助去了婦女們那邊說了些什麼。那些婦女一齊朝千重子看來。千重子臉紅了。

龍助立刻回來，邀請千重子去院子。

在池邊坐下，兩人望著各色錦鯉悠游，沉默片刻。

「千重子小姐，貴店的掌櫃——現在是公司了，或許該稱為總經理或常務經理——妳應該好好教訓一下。妳做得到吧？如果需要，我可以到場陪同……」

這是千重子意想不到的事。她的心頭一緊。

從龍村歸來的那晚，千重子做了夢。——五顏六色的成群錦鯉，聚集到蹲在池邊的千重子腳下。錦鯉互相挨擠，翻騰跳躍，甚至把頭伸出水面。

就只是這麼簡單的夢。而且是白天發生過的事。當時千重子把手伸進池水，稍微攪動後，錦鯉就這麼聚集過來了。千重子很驚訝，從成群錦鯉感受到難以言喻的愛情。

一旁的龍助，似乎比千重子更驚訝。

「千重子小姐的手，不知有什麼香氣——或者說是靈氣。」他說。

千重子聽了很難為情，站起來說，「是鯉魚本來就很親人吧。」

然而，龍助定定凝視千重子的側臉。

「東山就在旁邊呢。」千重子說著，迴避龍助的目光。

「噢，妳不覺得山色已有不同嗎？像秋天了……」龍助回答。

千重子的鯉魚夢中，龍助究竟在不在身旁，醒來後的她已無法確定。她好一陣子都難以成眠。

翌日，千重子想起龍助勸她「好好教訓一下」店裡的掌櫃，始終難以啟齒。

快到打烊的時候，千重子在帳房前坐下。那是用低矮柵欄圍起，看似古

老的帳房。掌櫃植村，感到千重子不尋常的氛圍，

「大小姐，有什麼事嗎……」

「把我的衣料拿給我看看。」

「大小姐的……？」植村似乎鬆了一口氣，「您要穿咱們店裡的衣服嗎？如果現在做，那是新年要穿吧。是訪問服還是振袖？咦，小姐不是都在岡崎那種染布行或織萬那種店裡買？」

「我想看我們店裡的友禪。不是新年要穿的。」

「是，那倒是很多，現在店裡擺的您先瞧瞧，看您是否滿意。」植村說著起身，叫來兩個店員，附耳吩咐一番，三人搬出十幾匹布，熟練地在店內中央攤開，讓千重子比較。

「這個好。」千重子也決定得很快。「五天或一週之內能否做好？前後身加上襯裡都一起做。」

植村被她的氣勢鎮住，「有點太趕了，我們畢竟是批發店，很少做裁

縫，不過沒問題。」

兩名店員俐落地捲起布料。

「這上面寫了我的尺寸。」千重子把紙條放在植村桌上。但她沒有就此離去。

「植村先生，我也打算對店裡的買賣慢慢學習、了解。今後還要請你多關照。」千重子柔聲說著，微微點頭致意。

「是。」植村的臉色僵硬。

千重子平靜地說，

「明天也行，請你也讓我看看帳簿。」

「帳簿？」植村苦笑，「小姐要查帳嗎？」

「查什麼帳，我壓根沒有那種自不量力的想法，只是想看一下帳簿，了解一下店裡怎麼做買賣。」

「是嗎。帳簿說來簡單，其實數量很多。而且還有給國稅局看的。」
「我們店裡還做假帳？」
「這是什麼話，小姐。如果做得出那種假帳，那我還要拜託您呢。這是光明正大的。」
「明天記得給我看，植村先生。」千重子乾脆地說完，就從植村面前走開。
「大小姐，我植村從大小姐出生前，就一直負責管理這間店……」植村說，但千重子頭也不回，植村用微不可聞的聲音說，「搞什麼啊。」然後輕嘖了一聲，「腰都痛了。」
千重子來找正在做晚餐的母親，母親似乎很驚訝。
「千重子，妳可真敢說。」
「是。很累呢，媽。」
「年輕人就算斯斯文文的，也很可怕啊。我這個旁觀者都差點發抖。」

「是別人替我出的主意。」

「噢？是誰？」

「是真一的哥哥，在龍村時說的……真一家裡，他父親還在掌管生意，又有兩個好掌櫃，他說如果植村先生不做了，可以調一個人過來幫忙，甚至他自己過來也行。」

「龍助這麼說嗎？」

「對，反正遲早要經商，他說研究所隨時可以不念……」

「噢？」阿繁看著千重子容光煥發的美麗臉孔。

「植村先生可沒有要辭職的意思……」

「還有，他說那個胡枝子白花的房子附近，如果有好房子，他一定會勸他父親買下。」

「嗯……」母親驚訝得一時之間說不出話，「你爸這人就是有點厭世消極。」

「人家說爸就那個脾氣，不也很好……」

「這也是龍助說的？」

「對。」

「……」

「媽，您剛才應該也看到了，我想給杉木村那女孩做一件我們店裡的衣服。這是我的心願……」

「可以，當然可以，順便也做件外套吧？」

千重子迴避目光。她已淚盈雙睫。

之所以叫作高機，當然是因為手織機很高，不過也有人說，是因為在地面挖個淺坑放置織機，泥土的濕氣對絲線有益。原本人也會坐在那高高的機台上。現在是把重石放進籃子，吊在織機旁邊。

也有些紡織作坊，同時使用這種手織機和機械織機。

秀男家只有三台手織機，兄弟三人負責織，父親宗助有時也會坐下紡織，在小型織坊頗多的西陣，家境應該還算過得去。

隨著千重子委託的腰帶即將完成，秀男也越發歡喜。一方面固然是全心投入工作的幸福感所致，但主要還是因為，梭子穿梭的紡織聲中，也有千重子的倩影。

不，不是千重子。是苗子。這不是千重子的腰帶，是苗子的。但在秀男紡織的過程中，千重子與苗子已合而為一。

父親宗助在秀男身旁站了一會打量，

「這倒是好腰帶。花色很漂亮。」宗助說著歪起頭，「是哪家客戶的？」

「佐田家，是千重子小姐的。」

「花色呢……？」

「是千重子小姐自己構想的。」

「噢，千重子小姐……？真的假的啊，嗯……」父親屏息似地望著，又伸指去碰觸還在機台上的腰帶，「秀男，你織得很牢靠啊。這樣應該沒問題。」

「……」

「秀男，我以前應該也跟你說過，佐田先生對我有恩。」

「我聽過，爸。」

「嗯，我說過了吧。」儘管如此，宗助還是又重述一次。「我從織工白手起家，自立門戶，好不容易才買下一台高機，而且那筆錢有一半還是借來的。每織出一條，我就送去給佐田先生。只有一條，實在很丟人，所以我都是夜裡偷偷去……」

「……」

「可是佐田先生從來沒有面露不悅。直到機台變成三台，日子總算過得去了……」

「……」

「可是秀男，咱們家跟人家還是身分差太多了……」

「我很清楚，但您為何要提這個？」

「我是看你好像很喜歡佐田家的千重子小姐……」

「原來是為了那個啊。」秀男又開始動起手腳繼續紡織。織好後，他立刻把腰帶送去苗子住的那個杉木村。

那是北山的方向出現數次彩虹的午後。

秀男抱著苗子的腰帶，一走到路上，就看到彩虹。彩虹很寬，可顏色很淡，甚至沒有勾勒出上方的弧形。秀男駐足眺望之際，彩虹似乎漸漸變淡消失了。

沒想到，在他搭公車入山的過程中，又看到兩次類似的彩虹。三次都沒有呈現完整的彩虹弧形，似乎有點模糊。這是常有的彩虹現象，但今天的秀男有點在意，「嗯……彩虹到底是吉兆還是凶兆呢？」

天空晴朗。入山後，又出現類似的淡淡彩虹，但那被挨著清瀧川河岸的山巒擋住看不清。

他在北山杉的村子一下車，身穿勞動服，圍著圍裙，頭上包裹手巾的苗子立刻跑來。

苗子正在拿菩提沙（其實更接近紅褐色黏土）用手仔細搓洗杉樹原木。雖然才十月，但山澗想必冰涼。原木被泡在人工挖出的溝渠中，一端的簡易爐灶大概不斷流出熱水，只見蒸氣冉冉升起。

「歡迎遠道來這種深山。」苗子彎腰行禮。

「苗子小姐，約定的腰帶，我終於織好了，所以特地給妳送來。」

「這是代替千重子收的腰帶吧。我已經不想當替身了。只要見到你就好。」苗子說。

「這條腰帶是約定好的。而且是千重子小姐設計的圖案。」

苗子低頭。「老實說吧，秀男先生，前天，千重子小姐的店裡給我送來全套衣服，連鞋子都有。那種東西，我哪有機會穿。」

「二十二日的時代祭呢？妳不能去參加嗎？」

「不，東家給我放假了。」苗子毫不遲疑說，「現在站在這裡會被人看到。」她說著想了一下，「去那個河岸的碎石灘好嗎？」

她當然不可能像上次千重子來時那樣，兩人躲進杉林中。

「秀男先生織的腰帶，我會當作一輩子的寶物。」

「哪裡，以後還可以替妳織。」

苗子啞然。

千重子送衣服來，苗子寄宿的人家當然也知道，所以就算帶秀男去那個家也行。可是苗子已大致了解千重子如今的身分和店裡買賣，光是這樣，從小的心願就已滿足。她不願再為了一點小事增添千重子的麻煩。

不過，養活苗子的村瀨家，在此地擁有大片杉林，苗子也工作得很勤奮，就算被他們知道千重子的家世，想必也不至於造成千重子的麻煩。坐擁杉山的地主，說不定家境比中等規模的布料批發商更殷實。

然而，苗子對於和千重子一再往來、加深關係，抱著審慎的態度。正因為她感受到千重子的親情……

所以她才會邀秀男去河岸的碎石灘。清瀧川的碎石灘上，能種的地方都種了北山杉。

「真是太失禮了，還請原諒。」苗子說。她也是個姑娘家，當然想盡快看腰帶。

「好美的杉山。」秀男仰望青山，解開棉布包袱，拆開紙繩。

「這是背後鼓形結的地方，這一塊，打算放前面……」

「哇！」苗子搓揉腰帶，「給我用太糟蹋了。」她說著，兩眼發亮。

「毛頭小子織的腰帶，哪談得上糟蹋。圖案是赤松和杉樹，因為新年快到了，我本來想把松樹放在鼓形背結的地方，可是千重子小姐叫我用杉樹。來到這裡，我才總算明白。聽到杉樹，就會想到一整片參天古樹，但我把圖案畫得比較柔和，算是特色吧。也點綴了一些赤松樹幹，讓色彩更豐富……」

當然，就算是杉樹樹幹，也不是按照原本的色彩描繪。形狀和色彩，都經過精心設計。

「這腰帶真好看。真是謝謝你……這麼華麗的腰帶，我這種人，根本用不上。」

「和千重子小姐送的衣服能搭配嗎？」

「我覺得很搭配。」

「千重子小姐畢竟從小就熟悉京都風格的和服……這條腰帶，我還沒給她看過，也不知為什麼，大概是不好意思吧。」

「這可是千重子小姐構思的……我也想讓千重子小姐看看。」

「時代祭那天，妳就穿來吧。」秀男說著，把腰帶仔細摺疊收好。

秀男把紙繩綁好後，

「妳就安心收下吧。雖有與我的約定，但這是千重子小姐委託我織的腰帶。把我當成普通織工就好。」他對苗子說。「我是用心織出來的。」

苗子把秀男遞來的腰帶放在膝上，沉默不語。

「千重子小姐從小就見慣了和服。她送給妳的衣服，肯定也和這條腰帶配得上。正如我剛才也說過的……」

「……」

兩人面前的清瀧川，輕淺的流水聲隱約可聞。秀男環視兩岸的杉山，

「杉樹樹幹像工藝品一樣整齊劃一，倒是在我意想之中，但是連上方的枝葉，都像樸素的花朵呢。」

苗子的臉上流露憂愁。父親在樹梢整枝時，想必就是為拋棄襁褓中的千

重子傷心，才會在跳到另一個樹梢時失足墜落吧。當時，苗子也和千重子一樣尚在襁褓，當然什麼都不知道。是等她年紀不小後，才聽村民說的。

也因此，苗子更在意千重子——其實就連千重子這個名字，她是生是死，是雙胞胎中的姐姐還是妹妹，苗子都一無所知，哪怕只有一次也好，她很想見千重子，就算只是從旁偷看一眼也好。

苗子簡陋如小屋的住處，如今也在杉木村中荒廢著。因為一個年輕女孩無法獨居。長期以來都是在杉山工作的中年夫婦及唸小學的女童住著。當然，沒給什麼所謂的房租，也不是能收房租的房子。

不過，小學女童出奇地愛花，這房子有一棵漂亮的桂花樹，女童偶爾會喊著「苗子姐姐」來問她怎麼照顧。

「不用管它也沒關係。」苗子回答。可是經過那小房子門前時，苗子總覺得老遠就比旁人先聞到桂花香。對苗子而言，那毋寧是一種哀愁。

——苗子把秀男織的腰帶放在膝上，頓時感到膝蓋發沉。因為有太多事……

「秀男先生，知道千重子小姐的下落後，我就不會再和她來往了。衣服和腰帶，我也只會穿一次……你能理解我的心情吧。」苗子誠心誠意說。

「是。」秀男說。「時代祭那天，妳會來吧。我想看妳繫上腰帶的樣子，但我不會邀約千重子小姐。祭典的遊行隊伍，會從御所出發，所以我在西邊的蛤御門等妳。這樣可以吧。」

苗子臉上泛起紅潮半晌，深深點頭。

對岸的水邊，葉子染上緋紅，倒映水面的樹影蕩漾。那是棵小樹。秀男抬起臉，

「那棵葉子豔紅的，是什麼樹？」

「是漆樹。」苗子抬起眼，回答時，不知怎的，顫抖的手把梳得好好的頭髮弄散了，一頭黑髮頓時垂落到背上。

「哎呀。」

苗子臉紅了，挽起頭髮重新捲上去，把髮夾咬在嘴裡插上固定，可是散落一地的髮夾，似乎少了幾支。

秀男看著她的模樣和動作，覺得很美。

「妳要把頭髮留長嗎？」他說。

「對。千重子小姐也沒剪短。只是她用男士看不出的巧妙手法梳理得很好……」苗子慌忙用手巾包頭，「不好意思。」

「……」

「在這裡，只會給杉木化妝，我自己從來不化妝。」

不過，她似乎還是抹了一點口紅。秀男很想叫苗子再次摘下手巾，讓烏黑長髮垂落背上給他看，但他說不出口。從苗子慌忙拿手巾裹頭時，他就這麼想了。

狹窄的山谷間，西邊的山巒已微微變暗。

「苗子小姐，妳該回去了吧。」秀男站起來。

「今天的工作時間，已經要結束了……如今白天變短了。」

秀男看著山谷東邊山頂上，筆直林立的杉樹樹幹之間，透出金色夕陽。

「秀男先生，謝謝你。真的非常感謝。」苗子微微舉起腰帶恭敬致謝，自己也站起來。

「如果要謝，就謝千重子小姐吧。」秀男說，但是秀男的內心，溫暖地漲滿替這個杉山姑娘織腰帶的喜悅。

「恕我囉唆再次提醒，時代祭時妳一定要來。我會在御所的西門蛤御門等妳喔。」

「好。」苗子深深點頭。「就是以往從未穿過和服與腰帶，好像有點難為情……」

十月二十二日的時代祭，在祭典繁多的京都，和上賀茂神社、下賀茂神社的葵祭、祇園祭，並稱為三大祭典之一。雖是平安神宮的祭典，隊伍卻是從京都御所出發。

苗子一大早就忐忑不安，比約定時間提早半個小時就到了，在御所西邊的蛤御門陰影處等候秀男。這是她第一次等男人。

幸好天氣晴朗，天空蔚藍。

平安神宮是在遷都京都一千一百年後，於明治二十八年建造，因此無庸贅言，是三大祭典中最新的一個。不過，這是慶祝京都成為都城的祭典，因此隊伍也呈現出京都千年來的風俗變化。為了展現各個時代的裝扮，隊伍中有各種大家熟知姓名的人物。

比方說，和宮[5]、蓮月尼[6]、吉野太夫[7]、出雲阿國[8]、淀君[9]、常盤御前[10]、橫笛[11]、巴御前[12]、靜御前[13]、小野小町[14]、紫式部、清少納言。

還有大原女、桂女[15]。

也有妓女、女演員、女販子夾雜其中，因此先舉出各種女性，不過當然也有楠正成[16]、織田信長、豐臣秀吉、王朝公卿及許多武士。

宛如京都風俗畫卷的隊伍相當長。

5 和宮，仁孝天皇的第八個女兒，江戶幕府第十四代將軍德川家茂的正室。
6 蓮月尼，江戶後期的尼僧、歌人。
7 吉野太夫，歷史上前後有數人都叫這名字，其中最有名的是京都的第二代太夫，後來嫁給灰屋紹益為妻。
8 出雲阿國，江戶時代前期的女藝人，據說是歌舞伎創始者。
9 淀君，戰國時代至江戶初期的女子，豐臣秀吉的側室。
10 常盤御前，平安時代末期的女子，源義朝的側室。
11 橫笛，《平家物語》的女性人物，平重盛的臣子齋藤時賴的愛人，追隨時賴出家為尼。
12 巴御前，平安時代末期的女性，據說是女武者。
13 靜御前，平安末期至鎌倉時代初期的女性，源義經的側室。
14 小野小町，平安時代前期的女歌人。
15 桂女（katsurame），住在山城國葛野郡桂，或裹頭巾（katsura）的女人，因而得名。
16 楠正成，為鎌倉幕府末期到南北朝時期著名武將，一生竭力效忠後醍醐天皇，在湊川之戰陣歿，後世以其為忠貞報國之典範。

女人加入隊伍，據說是昭和二十五年才開始的，此舉讓祭典變得華麗嬌豔。

隊伍領頭的，是明治維新時期的勤王隊，丹波北桑田的山國隊，殿後的是延曆時代文官們的上朝隊伍。回到平安神宮後，會在鳳輦前面獻上賀詞。隊伍是從御所出發，而且御所前的廣場也是最佳觀賞地點。秀男邀苗子去御所，正是為此。

苗子在御所大門的陰影中等候秀男，但是出入的人潮太多，並沒有人注意她，只有一個看似商家老闆娘的中年婦女大步走過來，

「小姐，您這腰帶真好看，是在哪買的？和您的衣服也很搭配……我瞧瞧。」那人說著就想動手摸，「能否讓我看一下背後的鼓形結？」

苗子向後轉身，

「哇——」被那人這麼打量，苗子反而比較鎮定了。她以往從來沒穿過這種和服，也沒用過這種腰帶。

「讓妳久等了吧。」秀男來了。

祭典隊伍出發的御所附近座位，都被宗教團體和觀光協會占據了，秀男和苗子站在緊接其後的觀眾席後方。

苗子第一次在這麼好的位子參觀，差點把秀男和新衣裳都拋諸腦後，只顧著眺望隊伍。

不過，她倏然察覺，

「秀男先生，你在看什麼？」

「看松樹的蒼翠。妳瞧，隊伍出來了。不過，有松樹的蒼翠當背景，隊伍也被烘托出來了。遼闊的御所庭院，就該配黑松。我最喜歡了。」

「……」

「我也在偷瞄苗子小姐，妳沒發現？」

「討厭。」苗子說著低下頭。

## 深秋姐妹

在祭典眾多的京都，比起大文字，千重子毋寧更愛鞍馬的火祭。地點不遠，因此苗子也去看過。不過，以往姐妹倆就算曾在火祭擦身而過，彼此或許也沒注意到對方。

從鞍馬道通往神社的路上，家家戶戶用樹枝做圍欄，在屋頂灑水，從半夜就舉起大大小小的火把，一邊嘶吼「嘿咻，嘿咻」，一邊走上神社。只見火焰熊熊。等到兩座神轎出來，村子（現在改為町）的女人就會全體出動，去拉神轎的繩子。最後獻上大火把，祭典幾乎持續到天亮。

不過，今年這個知名的火祭取消了。據說是為了節約。伐竹祭倒是一如往常，「火祭」卻不舉行。

北野天神的「芋莖祭」今年也沒辦。據說是因為芋頭欠收，無法打造芋莖神轎。

在京都，像鹿谷安樂寺的「南瓜供養」[1]、蓮花寺的「黃瓜封印」[2]之類的活動也不少。那或許也呈現出古都風情，以及京都人的某一面吧。

近年來復活的，大概當數在嵐山的河上划龍頭船的迦陵頻迦，以及上賀茂神社的庭院小溪舉辦的曲水宴。二者都是王朝貴族的風雅遊戲。

曲水宴上，身穿古裝的人們坐在河邊，酒杯順水漂來之際，就吟詩作畫，寫點東西，之後拿起漂到自己面前的酒杯，一口飲盡後，再讓酒杯繼續往下漂流。一旁有侍童服務。

這是去年開始舉辦的，千重子也去看了。王朝公卿的領頭人，是歌人吉

1 南瓜供養，在正殿前供奉大南瓜，讓參拜者摸南瓜許願，並以大鍋煮南瓜分贈參拜者。

2 黃瓜封印，將病魔惡鬼封印在小黃瓜中的儀式，據說始自一千二百年前，弘法大師空海從唐朝傳來的除厄祕法。

井勇（如今吉井勇已不在人世）。

由於是剛恢復的活動，大家似乎都很生疏。嵐山的迦陵頻伽，千重子今年也沒去看。總覺得還是少了一點寂寥的雅趣。在京都，古色古香的活動太多，簡直看都看不完。

——不知是因為千重子被勤勞的母親阿繁養大，還是千重子自己天性如此，她一大早起來，就會仔細擦拭格子門。

「千重子，時代祭那天，你們兩個好像玩得很開心嘛。」吃過早餐收拾完畢後，真一打電話來了。真一似乎也把千重子和苗子認錯了。

「你去了嗎？那你應該喊我一聲才對……」千重子無奈地聳肩。

「我是這麼想，可是被我哥阻止了。」真一毫無顧慮地說。

千重子很猶豫，沒有立刻告訴他認錯人。不過，從真一的電話聽來，苗子似乎穿著千重子贈送的和服，繫上秀男織的腰帶去了時代祭。

苗子的同伴肯定是秀男。這點千重子當下雖然意外，但是心裡立刻隱隱感到暖意。也浮現了微笑。

「千重子，千重子。」真一在電話那頭喊。「妳怎麼不講話？」

「是你打電話來找我。」

「對喔，對喔。」真一笑出來，「現在你們掌櫃在嗎？」

「不在，他還沒來……」

「千重子，妳是不是感冒了？」

「聽起來像感冒嗎？我剛剛還去門口擦格子門呢。」

「這樣啊。」真一似乎在搖晃話筒。

這次，千重子朗聲笑了。

真一壓低嗓門，「這通電話，其實是我哥要找妳。我現在讓我哥來跟妳說……」

對真一的哥哥龍助，千重子無法像對真一那樣輕鬆交談。

「千重子小姐，妳試探過掌櫃了嗎？」龍助劈頭就說。

「是的。」

「那妳很了不起。」龍助用強勢的聲調又說了一次，「了不起。」

「我媽當時也在後面聽見了，好像替我捏了一把冷汗。」

「想必是吧。」

「我說我也想學習一下店裡的生意，叫他把帳簿全部拿給我看。」

「嗯——那樣就對了。光是說句話，效果就不一樣吧。」

「然後，我還讓他把保險櫃裡的存摺、股票、債券那些東西，通通拿出來。」

「了不起。千重子小姐真是了不起。」龍助感嘆，「千重子小姐看起來明明是溫柔的大家閨秀……」

「這都是龍助先生幫忙出的主意……」

「這可不是我的主意，是因為附近批發店也有奇怪的傳聞。我本來已下定決心，如果千重子小姐開不了口，就由家父或我出面。不過，當然還是妳自己來最好。掌櫃的態度變了吧？」

「對。多多少少。」

「我想也是。」龍助在電話中沉默許久，「那就好。」

龍助在電話那頭似乎有所遲疑，連千重子也能感受到。

「千重子小姐，今天中午我過去貴店拜訪，不知方不方便？」他說。

「怎麼會不方便，反正我也不可能有什麼大事要忙。」千重子回答。

「妳畢竟是年輕小姐。」

「真一也會一起去……」

「哪有。」

「那誰知道。」龍助笑了，「我想趁著掌櫃還在店裡時過去。我也要給他一點顏色瞧瞧。妳完全不用在意，我會看掌櫃的臉色行事。」

「什麼？」千重子說不出話了。

龍助家的店，是位於室町的大型批發店，在同行之間也頗有力量。龍助雖然在唸研究所，卻已主動挑起店裡的重擔。

「又到了吃甲魚的季節了。我在北野的大市訂了位子，請務必光臨。連令尊令堂一起邀請似乎太冒昧，所以我想先邀請妳一人……我會帶我家稚兒一起去。」

千重子被他的霸氣鎮住，只能回答「好」。

真一扮演稚兒，在祇園祭坐山車遊行，已是十年前的往事，可是他哥哥龍助迄今偶爾還會調侃真一，故意喊他「稚兒」。雖說一方面也是因為真一現在還保有「稚兒」特有的可愛與溫柔善良……

千重子告訴母親，「中午龍助和真一要來我們家。他們剛才打電話來了。」

「什麼？」母親阿繁似乎有點驚愕。

千重子下午去後院二樓，化了個看似不起眼其實精心修飾的妝容。也仔細梳理長髮。可她一直沒弄出滿意的髮型。衣服也是左挑右選了半天，反而難以決定。

等她終於下樓時，父親不知上哪去了，不在家。

千重子在裡屋的客廳備妥炭火，環視四周。也眺望狹小的院子。大楓樹的青苔依然翠綠，但寄生樹幹的兩棵紫花地丁，葉片已微微泛黃。

基督燈籠的腳下，矮小的山茶開出紅花。那紅色看起來格外鮮豔。比紅玫瑰更深刻地滲入千重子心扉。

龍助和真一來了，對千重子的母親鄭重打招呼後，龍助一個人端坐在帳房的掌櫃面前。

掌櫃植村慌忙從帳房後面出來，恭敬向龍助行禮寒暄。他的客套話講了很久。龍助雖然也會回話，卻始終板著臉。那種冷淡，植村當然也看出來了。

植村心想，跩什麼，不過是個還在唸書的毛頭小子，但他被龍助的氣勢壓制，毫無辦法。

龍助等植村的話告一段落，就從容不迫說，

「貴店生意興隆，真是可喜可賀啊。」

「是，謝謝。托您的福。」

「家父他們也說，佐田先生的店，多虧有植村先生在。多年經驗就是不同凡響……」

「哪兒的話。我們這裡不像府上那種大店，不值一提。」

「不不不，像我們店裡只顧著擴張生意。又做京都布料批發又做別的，簡直像雜貨店。我其實不大喜歡那樣。能夠像植村先生這樣又精明、又能幹，還能好好經營的店，已經越來越少了……」

植村還沒來得及回答，龍助已經站起來走了。望著龍助去裡屋客廳找千重子和真一的背影，植村一臉惱怒。他心知肚明，要求看帳簿的千重子，和此刻的龍助，顯然私下有關聯。

龍助來到客廳後，千重子滿懷疑問地仰望他。

「千重子小姐，我稍微警告了一下掌櫃。因為是我建議妳這麼做的，我有責任。」

「……」

千重子低下頭，替龍助泡茶。

「哥哥，你看楓樹樹幹上的紫花地丁。」真一指著那個說，「有兩棵對吧。那兩棵紫花地丁，千重子說她幾年前就一直視為可愛的情侶……雖然近在咫尺，卻永遠無法聚首……」

「是嗎。」

「女孩子的想法真可愛。」

「討厭，這樣我多難為情啊，真一。」千重子把泡好的茶送到龍助面前時，手似乎微微顫抖。

三人坐龍助店裡的車去北野六番町的大市吃甲魚。大市這間店的裝潢古典，是老店，連觀光客都知道。包廂也很老舊，天花板看似低矮。

店內賣煮甲魚，也就是甲魚火鍋，吃完再煮成雜炊。

千重子感到渾身發熱，似乎醉了。

千重子連脖子都染上粉紅。她那白皙細膩、光滑剔透、充滿青春活力的脖子染紅後，實在很美。眼波也泛出嫵媚。不時撫摸自己的臉頰。

千重子滴酒未沾。可是甲魚火鍋的湯中，幾乎有一半都是酒。

雖然車子就在門口等候，千重子還是擔心自己走不穩。不過，她心情很快活。似乎也變得特別多話。

「真一。」千重子對比較好開口的弟弟說。「時代祭那天，你們在御所庭院看到的二人，不是我，你們認錯人了。一定是遠看沒看清楚吧。」

「妳就別隱瞞了。」真一笑了。

「我沒有隱瞞。」

千重子不知該不該說，「其實，那個女孩，是我的姐妹。」

「什麼？」真一面露詫異。

千重子上次在櫻花時節的清水寺，曾對真一說過自己是棄兒。那件事，真一想必也告訴哥哥龍助了。縱使真一沒有告訴哥哥，兩家的店離得很近，就算聽到什麼風聲，或許也不足為奇。

「真一在御所庭院看到的是……」千重子遲疑片刻，「我是雙胞胎，那是我的孿生姐妹。」

這個消息，真一也是初次聽說。

「……」

三人都沉默片刻。

「我是被遺棄的那個。」

「……」

「如果那是真的，他們應該把妳扔在我家店門口……真的該扔在我家門口才對。」龍助似乎是真心的，連說了兩次。

「哥哥。」真一笑了。「那可不是現在的千重子。是剛出生的小嬰兒喔。」

「就算是嬰兒又有何不可。」龍助說。

「哥哥是看到現在的千重子，才會那樣說吧。」

「不是。」

「佐田先生可是把她當成掌上明珠，百般寵愛地撫養長大。所以才有今天的千重子。」真一說。「那時，哥哥自己都還是小小孩。小小孩能養嬰兒嗎？」

「能養。」龍助強硬地回答。

「是嗎。哥哥總是這麼有自信。死不認輸。」

「或許吧，不過我真的很想撫養襁褓中的千重子。我想媽一定也會幫我。」

千重子的酒醒了，額頭發白。

秋天的北野舞公演，會持續半個月。表演結束的前一天，佐田太吉郎獨自出門。茶室給的入場券當然不止一張，但是太吉郎不想邀約任何人。看完舞蹈後和別人連袂去茶室玩，反而讓他覺得麻煩。

舞蹈開始前，太吉郎沉著臉去茶席。今天輪值坐在那裡點茶的藝妓，太吉郎也不熟。

一旁並排站著七、八名少女。大概是幫忙端茶的。全都穿著一樣的粉色振袖和服。

只有中央一名少女，穿的是青色振袖。

「咦。」太吉郎差點失聲驚呼。雖然妝化得很漂亮，但那不正是上次在

「叮噹電車」，被這條花柳街的老闆娘帶著，湊巧和太吉郎搭乘同一班車的少女嗎——只有她一人穿青色衣服，或許是輪到她值什麼班。

那個青衣少女，端著淡茶送來太吉郎面前。當然，她板著臉，毫無笑容。這是遵循茶道的規矩。

然而，太吉郎卻感到心情似乎為之一輕。

演出的舞蹈是《虞美人草圖》這齣八景舞蹈劇。描寫中國的項羽和虞姬廣為人知的悲劇。不過，當虞姬舉劍刺胸，被項羽抱在懷中，聽著思鄉的楚歌死去，項羽也戰死後，下一場就轉移到日本，變成熊谷直實和平敦盛、玉織姬的故事。熊谷打敗敦盛，感到人生無常，就此出家後，在他憑弔古戰場時，發現敦盛的墓塚周遭開滿虞美人草。也有幽幽笛音。接著敦盛的鬼魂出現，拜託他將青葉笛[3]放在黑谷寺[4]，玉織姬的鬼魂，則要求他把墓塚旁的虞美人草艷紅的花朵供在佛前。

這齣舞蹈劇後，還有一齣熱鬧的新派舞蹈《北野風流》。

上七軒和祇園的井上派舞蹈不同，屬於花柳派。

太吉郎出了北野會館，順路去了古老的茶室。見他悄然呆坐，茶室的老闆娘說，「不如叫個姑娘來？」

「嗯。叫那個咬人舌頭的女孩吧。還有，那個穿青衣的端茶女孩呢？」

「你是說叮噹電車的……好吧，如果只是出來打個招呼，應該沒關係。」

藝妓沒來之前，太吉郎已經喝了酒，所以他故意站起來就走，藝妓也跟來，他問，「現在還會咬人嗎？」

「您記性真好。沒關係，您伸出來試試。」

「我害怕。」

---

3 青葉笛，據說是敦盛珍藏之笛。

4 黑谷寺，位於京都市左京區黑谷的金戒光明寺，俗稱黑谷寺。熊谷直實在此出家。

「真的沒關係。」

太吉郎伸出舌頭。頓時被吸進溫熱柔軟的口腔。

太吉郎輕拍女人背部，

「妳墮落了。」

「這樣算墮落嗎？」

太吉郎想漱口洗嘴。可是藝妓就站在旁邊，也不便那樣做。

那是藝妓相當大膽的惡作劇。對她而言，想必也是臨時起意，沒別的意思。太吉郎並不討厭這個年輕藝妓。也不覺得髒。

太吉郎想回包廂，被藝妓抓住，

「等一下。」

她拿出手帕，替太吉郎擦嘴唇。手帕上沾了口紅。她把臉湊近太吉郎面前，望著他說，

「好，這樣就行了。」

「謝謝……」太吉郎把手輕輕放在藝妓的雙肩。

藝妓還要補妝塗口紅，獨自留在洗手間的鏡子前。

太吉郎回到包廂一看，一個人也沒有。他像漱口似的連喝了兩三杯略微冷掉的酒。

不過，藝妓的氣味或香水味，似乎還是沾染到他身上。太吉郎彷彿也稍微恢復青春。

就算那只是藝妓出其不意的戲弄，自己似乎也太冷淡了。也許是因為太久沒有和年輕女子玩鬧。

那個二十歲左右的藝妓，或許是非常有趣的女人。

老闆娘帶著少女進來了。少女依然穿著青色振袖。

「遵照你的要求把人帶來了，我可是跟人家說好了，只是來打個招呼喔。畢竟你也看到了，她年紀還小。」老闆娘說。

太吉郎看著少女，「剛才是妳端茶……」

「對。」因為是茶室姑娘，態度倒是落落大方，「我想起您是那位大叔，這才端茶給您。」

「噢，那真是謝謝妳。妳還記得我？」

「記得。」

藝妓也回來了。老闆娘對她說，

「佐田先生特別喜歡這個小千。」

「噢？」藝妓看著太吉郎的臉，「您眼光真高，不過，恐怕還得再等三年。而且小千從明年春天就要去先斗町了。」

「先斗町？為什麼？」

「她想做舞妓。她說很憧憬舞妓的風采。」

「是嗎？要做舞妓的話，在祇園不行嗎？」

「先斗町有小千的伯母在，所以要過去。」

太吉郎望著少女想，這個少女，不管去哪應該都會成為一流的舞妓吧。

西陣的衣料紡織工業工會，破天荒地做出果斷決定，從十一月十二日至十九日這八天，所有織機一律停工。十二日和十九日是星期天，所以事實上是停工六天。

至於原因，當然有多方面，不過一言以蔽之，當然還是經濟問題。換言之，是生產過剩，導致庫存品已多達三十萬匹。所以要出清存貨，並且改善交易。一方面也是因為近來資金周轉越發困難。

從去年秋天到今年春天，採購西陣織品的貿易公司相繼倒閉。

停工八天，據說大約減產了八、九萬匹。不過，事後結果不錯，好歹還算是成功。

不過，西陣的織坊街，尤其是小巷裡，只要看一眼就知道，多半是小型家庭手工業作坊，他們都很遵守這項規制。

老舊的瓦片屋頂，屋簷深長的小房子成排匍匐。就算有二樓也很矮。宛如狹小走道的巷子更是雜亂無序，連織機聲似乎都是從昏暗中傳來。想必不全然是自家織機，也有租來的。

不過，據說「免除停機」的申請只有三十件。

秀男家織的不是衣料，是腰帶。三台高機，當然白天也燈火通明，不過織機場算是比較明亮，後方也有空地。但是房子小得甚至令人懷疑，寥寥無幾的簡陋廚具要往哪擺，家中眾人又該在哪休息或睡覺。

秀男的意志堅強，也有工作才華，更有對工作的熱情。不過，天天坐在高機窄小的木板上紡織，屁股說不定都有長條瘀青了。

邀請苗子去看時代祭時，比起各種時代裝扮的隊伍，隊伍背後那寬闊御所的青松之所以更吸引他，或許也是因為擺脫了平日生活。在狹仄的谷地從事杉林工作的苗子，當然不可能察覺……

不過，自從時代祭那天，苗子繫上自己織的腰帶赴約後，秀男對工作就更加勤奮。

千重子和龍助、真一兄弟去大市後，雖不至於萬分痛苦，有時難免心不在焉，驀然回神，才發現那或許還是因為自己在煩惱。

京都十二月十三日的「事始」活動也結束了，開始進入本地冬天特有的變化多端的天氣。有時雖是晴天，卻下起太陽雨，有時還夾雜雨雪。轉瞬放晴，隨即又立刻陰霾。

十二月十三日的「事始」這天起，在京都，撇開準備過年不說，也習慣開始互贈年禮。

最忠實遵守這個老規矩的，還是祇園這些花柳街。

藝妓、舞妓等人，都會讓身邊的男助理，去平時受到照顧的茶室、教授歌舞音韻的師傅家、藝妓前輩等處送鏡餅。

之後，舞妓們會四處登門致意，說聲「恭喜」。此舉意味著今年一年有幸平安度過，明年也請繼續關照。

這天，裝扮比平時更華麗的藝妓與舞妓穿梭街頭，稍微提早的歲暮活動，把祇園妝點得花團錦簇。

千重子家的店裡，沒有那種花團錦簇。

千重子用過早飯，獨自去了後院二樓。這是為了簡單化個晨妝。但她心不在焉，壓根沒注意手上的動作。

龍助在北野那家甲魚餐廳的激動說詞，在千重子的心頭來來去去。當時他聲稱襁褓中的千重子應該被扔在他家門前，這話也未免說得太強勢了吧。

龍助的弟弟真一，和千重子是青梅竹馬一起長大，直到高中都是同學，個性也很溫和，就算知道他喜歡千重子，但他從來不會像龍助那樣說出令千重子窒息的話。是個可以安心來往的好玩伴。

千重子仔細梳理長髮，披在背後，下樓來了。

早飯剛要結束，北山杉村的苗子就打電話來找千重子。

「是小姐嗎？」苗子再次確認，「老實說，有一件事，我想當面跟千重子小姐說。」

「苗子，好久不見……明天可以嗎？」千重子回答。

「我隨時都可以……」

「妳要來店裡嗎？」

「請原諒我無法去貴店。」

「妳的事，我已和我媽說了，我爸也知道了。」

「可是還有店員在吧。」

「……」千重子考慮片刻，「那我去妳的村子找妳。」

「很冷喔。雖然小姐能來我很高興……」

「反正我也想看杉樹……」

「是嗎。不僅冷，說不定還會下起陣雨，妳可要多穿點。不過這裡柴火倒是很多。我會在路邊工作，讓妳立刻就能找到我。」苗子爽朗地回答。

千重子一身休閒長褲和厚毛衣，這可是前所未有的事。厚襪子也很花俏。

父親太吉郎在家，於是千重子在他面前坐下行禮。太吉郎對著千重子罕見的裝扮瞠目，

「妳要去登山？」

「是……北山杉那個女孩，好像有話跟我說，要求見我一面……」

「是嗎。」太吉郎毫不遲疑，「千重子。」

「是。」

「那孩子如果有什麼煩惱或困難，就把她帶回家來……我們收養她。」

千重子低下頭。

「可以吧。家裡多一個女兒，我和妳媽都覺得更熱鬧。」

「謝謝爸爸。謝謝爸爸。」千重子彎腰行禮。熱淚滲透大腿的布料。

「千重子是我們從小養大的，對妳的疼愛當然是捧在手心都怕摔，但那個女孩，我們也會盡量做到一視同仁。她長得像妳，肯定也是好女孩。妳把她帶回來吧。二十年前，人們或許有點排斥雙胞胎，可是現在已經不算什麼了。」父親說。

「阿繁，阿繁。」他呼喚妻子。

「爸爸，您的好意我非常感激，但苗子她是絕對不會來我們家的。」千重子說。

「這又是為什麼？」

「應該是不想對我的幸福有任何妨礙吧。」

「怎麼會有妨礙呢。」

「……」

「怎麼會有妨礙呢。」父親又說了一次，歪頭納悶。

「今天也是，我說爸媽都知道了，叫她直接來店裡。」千重子有點哽咽，「可她顧慮店員和附近鄰居……」

「店員算什麼。」太吉郎忍不住扯高嗓門。

「爸爸的意思，我當然很清楚，不過今天，還是由我去見她吧。」

「這樣啊。」父親點點頭，「那妳路上小心……還有，剛才我說的話，妳可以替我轉告苗子那孩子。」

「好。」

千重子給防水外套加上風帽。鞋子也是選橡膠雨鞋。

早晨的京都市區，天色明明很晴朗，不知幾時已烏雲密布，北山或許正在下雨。從市區也可看見那樣的天色。要不是京都徐緩的矮山連綿，或許還能看見快要下雪的樣子。

千重子搭乘國鐵公車。

北山杉的中川北山町，有國鐵和市營這兩種公車。市營公車好像開到京都市（已經擴大）的北端山嶺就折返，國鐵公車的路線卻延伸至遙遠的福井縣小濱。

小濱在小濱灣畔，進而從若狹灣向日本海延伸。

或許因為是冬天，公車上的乘客不多。

兩個結伴同行的年輕男人，毫不掩飾地盯著千重子。千重子覺得毛骨悚然，於是戴上風帽。

「小姐，拜託，不要用那種東西遮住臉。」男人雖然年輕，聲音卻很沙啞。

「喂，閉嘴。」旁邊的男人說。

拜託千重子的那個男人戴著手銬。不知犯了什麼罪。旁邊的男人，八成是刑警吧。不知要翻越深山押送犯人去哪裡。

千重子當然不可能摘下風帽給對方看。

車子來到高雄。

「高雄不知到哪去了。」有乘客說。這也難怪。楓葉紛紛落盡，樹梢的細小枝椏，已是蕭瑟冬景。

栂尾下方的停車場，也完全沒有車子。

苗子穿著勞動服，特地到菩提瀑布的公車站等候千重子。

千重子的穿著，令她一瞬間差點沒認出來，

「小姐，歡迎妳來。真是謝謝妳老遠來這種深山。」

「也不算是什麼深山。」千重子沒摘手套就握住苗子的雙手。「我好高興。從夏天一別就沒見過妳。夏天那次在杉山，真要謝謝妳。」

「那種小事，不值一提。」苗子說。「不過，那時，如果雷真的落到我倆頭上，還不知會怎樣。但就算那樣，我也很高興……」

「苗子。」千重子邊走邊說，「妳會主動打電話給我，一定是有什麼大事吧。能否先告訴我，否則我無法安心跟妳說話。」

「……」苗子也穿著勞動服，頭上包裹手巾。

「到底是怎麼了？」千重子再次追問。

「其實，是秀男先生向我求婚了，所以……」苗子說著，似乎差點摔倒，連忙抓住千重子。

千重子抱住腳步踉蹌的苗子。

平日忙著工作的苗子，身子硬梆梆的很結實。——夏天那次打雷時，千重子太害怕了，還沒發現這點。

苗子立刻就站穩了，但是被千重子抱著或許很高興。她沒說自己已經沒事了。反而刻意倚靠千重子走路。

抱著苗子的千重子，漸漸也反過來倚靠苗子。不過，兩個女孩都沒發覺這點。

千重子從帽子底下說，「苗子，結果妳是怎麼答覆秀男的？」

「答覆……？就算是我這種粗人，也不可能當場答覆吧。」

「……」

「他把我誤認成千重子小姐——現在雖然已經不會認錯人，但在他心底最深處，想必還是深深烙印著千重子小姐吧。」

「沒那回事。」

「不，這點我很清楚，就算不是認錯人，他也是和千重子小姐的替身結婚。秀男先生大概在我身上看到妳的幻影。這是第一點……」苗子說。

——千重子想起，春天鬱金香盛開時，從植物園出來後，在加茂的河堤上，父親提議不如讓秀男做千重子的贅婿，因此還被母親數落了兩句。

「第二，秀男先生家裡是織腰帶的作坊吧。」苗子用力說。「因為那樣，萬一，我和千重子小姐家的店扯上什麼關係，給小姐帶來麻煩，或者惹來周遭異樣的眼光，那我豈不是死都無法贖罪。我只想躲進更深更深的山裡……」

「妳居然有這種想法？」千重子搖晃苗子的肩膀。「就連今天，我要來見妳，也是向我爸清楚交代後才出門的。我媽也都知道。」

「……」

「妳知道我爸怎麼說嗎？」千重子更加用力搖晃苗子肩膀。

「他說，苗子那孩子，如果有什麼委屈或困難，就把她帶回來……雖然我在戶籍上是爸爸的嫡女，但他說會盡量對妳也一視同仁。他還說家裡只有我一個孩子，想必也很寂寞。」

「……」苗子摘下頭上的手巾，說聲謝謝就摀住臉。「我真的打從心底感激。」她好一陣子都說不出話。「我無親無故，也沒有任何依靠，其實也很寂寞，但我只能努力工作不去想那個。」

千重子為了緩和氣氛，說道，

「重點是，秀男的事呢……？」

「那種事，我無法立刻答覆。」苗子嗚咽著注視千重子。

「那個給我。」千重子接過苗子的手巾，「難道妳要這樣含著眼淚去村子嗎……」她替苗子擦眼眶和臉頰。

「無所謂。我雖然個性好強，工作比人加倍賣力，卻是愛哭鬼。」

當千重子替苗子擦臉時，苗子把臉埋在千重子胸口，反而哭得更兇了。

「快別這樣了。苗子。這樣多感傷啊，別哭了。」千重子輕拍苗子的背，「妳要是一直哭，那我可要回去了。」

「不要，妳別走。」苗子嚇了一跳。然後從千重子手裡拿回自己的日本手巾，用力搓臉。

幸好是冬天，所以看不出來。只是眼白有點發紅而已。苗子用手巾包住整個頭臉。

兩人默默走了一會。

北山杉就連樹梢都已修整過了，對千重子而言，樹梢殘留的一團樹葉，就像不起眼的青色冬花。

千重子覺得苗子應該冷靜下來了，於是對她說，

「秀男自己畫的腰帶圖案也很出色，織功也相當扎實，是個很認真的人。」

「是的，這我都知道。」苗子回答。「他邀請我去時代祭時，比起時代祭盛裝打扮的遊行隊伍，反倒是背後御所的青松，以及東山的色彩變化，讓他看得更著迷。」

「因為對秀男來說，時代祭的遊行隊伍已經不稀奇了……」

「不，好像不是那個原因。」苗子用力說。

「……」

「隊伍走過後，他叫我一定要去家裡坐坐。」

「家裡？秀男家嗎？」

「對。」

千重子也有點吃驚。

「他有兩個弟弟。還帶我去後面的空地參觀，他說如果我倆結婚了，就在那空地蓋個小屋，今後盡量只織自己喜歡的作品。」

「那不是很好嗎？」

「很好——？秀男先生是把我當成小姐的幻影，所以才想跟我結婚。我是個女孩子，這點看得很清楚。」苗子再次強調。

千重子邊走邊遲疑著該如何回答。

狹小山谷旁更小的山谷中，刷洗杉樹原木的女人們，圍坐成一圈烤火休息，火堆的濃煙，冉冉升起。

苗子來到自家房子前。說是房子，或許該稱為小屋。也沒好好整理，稻草屋頂已傾斜，起伏不平。不過畢竟是山村的房子，有個小院子，野生的南天竹長得很高，結滿紅果。那七、八棵南天竹的樹幹，也亂七八糟糾結在一起。

不過，這個破房子，或許也是千重子的家。

經過那旁邊時，苗子的淚痕已乾。到底該不該對千重子說就是這間屋子呢？千重子是在母親的老家出生的，想必沒在這屋子待過。就連苗子也是，父母先後早逝，因此自己有沒有在這房子暫住過，連她自己都不確定。

幸好千重子壓根沒注意那種破房子，只顧著仰望杉山，眺望成排原木，就這麼走過去了。苗子自然也不用再提到房子。

樹幹異常筆直的樹梢，還留著少許圓形杉葉，千重子若要把那當成「冬花」，的確是冬花。

大多數人家的屋簷和二樓，都有削皮刷洗乾淨的杉木排成一排晾曬。那潔白的原木，一絲不苟地整齊排列。光是那樣，就很美。說不定比任何壁面都美。

杉山也是，樹下的草皮已枯萎，筆直聳立且粗細一致的樹幹，很美。略顯斑駁的樹幹之間，有時還可窺見藍天。

「好像還是冬天更漂亮。」千重子說。

「會嗎。我天天看慣了，已經沒感覺，不過冬天杉樹的葉子，好像會變成有點淺的芒草色。」

「就像花一樣。」

「花？像花嗎？」苗子愕然仰望杉山。

走了一會，出現一棟古典又雅緻的房子，想必是此地的大地主。略矮的圍牆，下半截是木板，塗上朱漆，上半截是白牆，還有瓦片小屋頂。

千重子駐足，「這房子真氣派。」

「小姐，我就是寄居在這家。請進去看看吧。」

「……」

「沒關係。我已經住了快十年了。」苗子說。

千重子已從苗子那裡一而再、再而三聽說，與其說秀男把苗子當成千重子的替身，毋寧是當成幻影才想跟她結婚。

如果說是「替身」，當然能理解。可是所謂「幻影」，究竟是指什麼？——尤其是作為結婚對象而言……

「苗子，妳一直說幻影、幻影，幻影到底是什麼？」千重子嚴肅地說。

「……」

「幻影應該沒有可以觸摸的形體吧。」千重子接著又說，不意間臉紅了。不只是臉蛋，想必全身到處皆與自己酷似的苗子，將要屬於某個男人。

「可是，應該也有無形的幻影吧。」苗子回答。「幻影是在男人的心裡還是懷裡，或者，也在其他地方出現，這誰也不知道。」

「……」

「即使我變成六十歲的老太婆時，千重子小姐的幻影，應該還是像現在一樣年輕。」

這句話令千重子很意外。

「妳連那種事都想到了？」

「人對美麗的幻影，永遠不會厭倦吧。」

「那可不一定。」千重子勉強說。

「不能踐踏幻影。那恐怕只會讓自己摔跤。」

「是嗎。」千重子發現苗子也有嫉妒心，「真的有幻影那種東西嗎？」

「在這裡……」苗子搖晃千重子的胸口。

「我不是幻影。我和妳是雙胞胎。」

「……」

「那麼，苗子和我的鬼魂也會是姐妹嗎？」

「才不是。我當然是和現在這個千重子小姐做姐妹。不過，唯獨對秀男先生……」

「是妳想太多了。」千重子說著，略微低頭走了一會，「不如找一天，三人好好聊聊化解心結？」

「這有什麼好聊的——說話本就有時真心，也有時違心……」

「苗子妳疑心很重？」

「那倒不是，但我也有少女情懷……」

「……」

「北山陣雨大概從周山過來了。山上的杉樹也濕了……」

千重子抬眼。

「趕緊回去吧。恐怕會夾雜雨雪喔。」

「為了預防萬一，我特地穿了防雨服裝來。」

千重子取下一隻手套給她看，「這隻手，不像大小姐吧。」

苗子很吃驚，用自己的雙手包住千重子那隻手。

千重子未察覺時，似乎下起了陣雨。或許連住在這個村子的苗子也沒留意到。不是小雨。也不是毛毛雨。

千重子被苗子一說，這才仰望四周的山巒。似乎冰冷又模糊。山腳的大片杉樹，樹幹反而顯得更清晰。

之後，低矮的群山似乎籠罩霧靄，失去輪廓。當然，從天色也可看出那和春天的霧氣不同。現在這樣，或許反倒更有京都特色。

朝腳下一看，地面有點潮濕。

之後群山逐漸被淺灰色籠罩。似乎陷入霧靄中。

霧靄逐漸沿著山谷飄來，也參雜一點白色。變成雨雪。

「快回去吧。」苗子之所以對千重子這麼說，就是因為看到那白色。不算是雪。是雨中帶雪，然而，白色倏而消失，隨即又增多。

谷地還不到黃昏就提早變暗了。氣溫也驟然下降。

千重子也是京都女孩，對北山陣雨不以為奇。

「趁著還沒變成冰冷幻影前……」苗子說。

「又是幻影……？」千重子笑了。「我是穿著防雨裝束來的……京都的冬天，天氣變化多端，想必雨很快就停了。」

苗子仰望天空，「今天小姐還是早點回去吧。」她緊握千重子脫下手套給她看的那隻手。

「苗子，妳真的考慮結婚嗎？」千重子說。

「有一點點……」苗子回答。接著，她滿懷關愛地給千重子戴上那隻手套。

期間，千重子說。

「請妳來一趟我們店裡。」

「……」

「妳一定要來。」

「……」

「等店員下班走了之後。」

「晚上嗎？」苗子吃了一驚。

「到時候就在我家過夜。反正我爸媽都已經知道妳的事了。」

苗子眼露喜色，但她還是很猶豫。

「至少一晚也好，我想和苗子一起睡。」

苗子把臉扭向路旁，不讓千重子發現她暗自落淚。但千重子不可能沒發現。

千重子回到位於室町的店，那一帶的街區，只是陰天而已。

「千重子，妳回來得正好，幸好還沒下雨。」母親阿繁說。

「妳爸爸也在裡屋等妳。」

父親太吉郎不等千重子回來向他請安完，立刻急切地傾身向前詢問，

「怎麼樣，千重子，妳跟那孩子說了？」

「是。」

千重子遲疑該怎麼回答。事情很難簡短扼要地說明清楚。

「怎麼樣？」父親再次問。

「是。」

千重子自己，雖能理解苗子的說法，卻也有不解之處。——秀男其實是想和千重子結婚。但他知道不可能，只好死心，轉而向與千重子長得一模一樣的苗子求婚。苗子的少女心，敏銳地察覺到這點。於是對千重子說出奇特的「幻影論」。秀男是因為對千重子求而不得，所以用苗子勉強將就嗎？千重子想，這種推斷，應該不算是自己往臉上貼金。

不過，也許不全然只是因為那個。

千重子不好意思正眼看父親，連脖子都幾乎羞紅。

「苗子那孩子，只是太想見妳嗎？」父親說。

「是。」千重子鼓起勇氣，抬頭說，「大友家的秀男先生，似乎向苗子求婚了。」千重子的聲音有點顫抖。

「嗯？」

父親窺探千重子的臉色，沉默片刻。他似乎看穿了什麼。然而，他沒有說破，

「這樣啊，和秀男……？如果是大友家的秀男，倒是不錯的人選。緣分真的很奇妙。這應該也算是千重子促成的吧。」

「爸爸。可是，我想她不會和秀男結婚。」

「啊，為什麼？」

「……」

「這是為什麼？我覺得這樁婚事不壞呀……。」

「不是好壞的問題，爸您還記得嗎？上次在植物園，您不是說，不如讓秀男做我的贅婿。身為未婚少女的她，猜到這點了。」

「噢？怎麼會呢。」

「還有，她似乎認為，織腰帶的秀男家，和我們的店，有一點交易關

係。」

父親深有所感，陷入沉思。

「爸爸，只要一晚就好，我想請求您，能否讓她來我們家過夜。」

「當然可以。這是小事嘛……我不是說過了，咱們家收養她都行。」

「那樣她絕對不會來。只要一晚就好……」

父親憐憫地看著千重子。

母親關閉遮雨板的聲音傳來。

「爸爸，我去幫忙。」千重子說著起身。

無聲的陣雨，落在瓦片屋頂上。父親文風不動地坐著。

水木龍助、真一兄弟倆的父親，邀請太吉郎到圓山公園的左阿彌吃晚餐。冬季晝短夜長，從高處的包廂俯瞰城市，已是萬家燈火。天空是灰的，沒有晚霞。除了街頭燈光，只有那個色調。這就是京都的冬季色彩。

龍助的父親，身為室町大型批發店的老闆，將生意打理得蒸蒸日上，個性相當精明強幹，今天卻欲言又止。他似乎有點遲疑，一直扯些無聊的八卦話題打發時間。

「老實說……」他終於切入正題，是在喝了一點酒之後。反倒是平日優柔寡斷，越來越傾向厭世的太吉郎，幾乎已猜到水木想說什麼。

「老實說……」水木再次吞吞吐吐，「你從令嬡口中，應該已聽說我家龍助的莽撞舉動了吧？」

「噢。我雖然不中用，但龍助一番好意，我很明白。」

「是嗎。」水木似乎鬆了一口氣，「那小子，跟我年輕時很像，一旦說出口，誰來阻止都沒用。真是傷腦筋……」

「我倒是很感謝他。」

「是嗎。能聽你這麼說，我也總算安心了。」說著，水木真的拍拍胸口。「還請原諒。」他鄭重鞠躬致歉。

太吉郎的店就算每下愈況，但是讓幾乎算是同行的人（而且是毛頭小子）來幫忙，還是一種恥辱。如果說是去見習，就兩家店的規模而言，應該倒過來才對。

「我們這邊當然是很感激……」太吉郎說。「不過貴店少了龍助，恐怕多有不便……」

「哪裡。龍助只是見識過一點皮毛，根本不清楚狀況。不是我這個做父親的自賣自誇，他的個性還算踏實……」

「是，他一來我店裡，就板著臉往掌櫃面前坐下，挺嚇人的。」

「他就是那種個性。」水木說完，又悶不吭聲地繼續喝酒。

「佐田先生。」

「是。」

「龍助若能去貴店幫忙，儘管不是每天去，他弟弟真一應該也會被刺激得逐漸上進，我也能鬆口氣。真一是個溫和的孩子，龍助到現在還動不動就喊他『稚兒』嘲笑他，那似乎是真一最討厭的……。他小時候不是在祇園祭坐過山車遊行嗎。」

「那是因為他長得好看。和我家千重子從小就是好玩伴……」

「說到千重子……」水木又說不出話了。

「那個，說到千重子……」水木又說一次，語氣簡直像在生氣，「你怎麼就養得出那樣如花似玉的好閨女。」

「這可不是父母的本事。是那孩子自己長成那樣的。」太吉郎坦率地回答。

「我想你也猜到了，貴店說穿了和我家做的買賣差不多，龍助之所以主動提議要去幫忙，完全是為了接近千重子，哪怕只是半小時或一小時也好。」

太吉郎點頭。水木擦拭和龍助很像的額頭，「我這兒子雖然不爭氣，工作應該還算勤快。我絕對不會強求，只是說不定，萬一哪天，千重子覺得，龍助這樣的傢伙還可以的話，我知道這個請求真的很冒昧，能否請你讓他入贅府上？我會取消他的繼承人資格……」水木說完一鞠躬。

「取消繼承人資格……」太吉郎嚇得魂飛魄散。「你要把大批發店的繼承人……」

「那種東西，並不代表人生的幸福。看著最近龍助的表現，我不免有這種感觸。」

「你的好意我很感激，不過這種事，還是要看兩個年輕人的感情發展來決定。」太吉郎迴避水木的急切，「千重子是個棄兒。」

「棄兒又怎樣。」水木說。「我說這些，你自己放在心裡就好，那就讓龍助去貴店幫忙好嗎？」

「噢。」

「謝謝，謝謝。」水木似乎連身體都輕鬆了，喝起酒來也變得格外豪邁。

翌日早上，龍助立刻來到太吉郎的店，召集掌櫃和店員，開始檢查商品。——塗漆衣料，白布，金銀線刺繡皺綢，一越[1]，綾子，御用皺綢，銘仙[2]，褲襠[3]，振袖，中振袖，留袖[4]，錦襴，緞子，高級訂製染織品，訪問服，腰帶，裡絹，和服配件等等……

龍助只看，並未說話。掌櫃打從上次之後就在龍助面前很尷尬，頭也不敢抬。

龍助推辭了大家的挽留，在晚飯前就走了。

入夜後，輕敲格子門的，是苗子。那聲音只有千重子聽見。

「哎呀，苗子，傍晚開始變冷了，虧妳還能來。」

「……」

「天上星星都出來了。」

「千重子小姐，見到令尊令堂，我該怎麼打招呼才好？」

「我已經跟他們解釋清楚了，妳只要說妳是苗子就好。」千重子摟著苗子的肩，一邊往裡走，「吃過晚飯了嗎？」

「我在那邊吃過壽司才來的，不吃了。」

苗子態度拘謹，但雙親看到長得這麼相似的姑娘，驚訝得話都說不出。

「千重子，你們兩個去後面二樓慢慢聊吧。」貼心給兩人說話機會的，是母親阿繁。

千重子拉起苗子一隻手，走過狹窄的簷廊，上了後院二樓後，打開暖爐。

1 一越，表面的凹凸細小，質地單薄的皺綢。
2 銘仙，用於家居常服的布料，堅固耐用。
3 裲襠，婦人禮服，套在和服外面的窄袖長褂。通常用於婚禮。
4 留袖，已婚婦女的正式禮服。原本是將振袖和服的袖子改短而成。

「苗子，妳來一下。」千重子把她叫到鏡子前。凝視兩人的臉孔。

「真的好像。」千重子內心一陣熱流。兩人對調位置後，「真的，簡直一模一樣，好神奇。」

「我們本來就是雙胞胎嘛。」苗子說。

「人類如果生的都是雙胞胎，不知會怎樣。」

「老是認錯人，豈不是很困擾。」苗子退後一步，眼泛水光，「人的命運，真的很難說。」

千重子也退到苗子身旁，用力搖晃苗子的雙肩，

「苗子，妳不能一直住在我家嗎？我爸媽都這麼說了……我一個人也好寂寞……雖然我不知道住在杉山那邊有多逍遙自在。」

苗子似乎已站不穩，有點踉蹌地跪倒。她搖搖頭。搖頭之際，淚水似乎也落在膝上。

「小姐，如今我們的生活方式不同。教養也不同。我過不了城市這種生

活。有幸能來貴店一次，僅此一次就夠了。我是想把妳送的衣服穿給妳看……況且，小姐也曾兩度去杉山看我。」

「……」

「小姐，我父母從前拋棄的嬰兒，可是妳啊。雖然我什麼都不知道。」

「那種事，我已經通通忘了。」千重子毫無芥蒂，「我現在，已經不覺得自己有那種父母。」

「我想，父母或許都已受到懲罰了……當時我雖然也是嬰兒，還是要請妳原諒。」

「這件事妳有什麼責任和罪過？」

「話雖如此，但之前不也說過了。我一點也不想妨礙小姐的幸福。」苗子壓低聲音，「我乾脆消失算了。」

「那怎麼可以……」千重子堅決說。「那就好像少了一隻手……苗子，妳不幸福嗎？」

「不，是寂寞。」

「幸福短暫，寂寞卻是長久吧。」千重子說，「我們躺下吧，我還想跟妳聊更多。」說著，從壁櫥取出寢具。

苗子一邊幫忙，一邊側耳傾聽屋頂，「幸福，或許就是這樣吧。」

千重子見苗子在傾聽，

「是陣雨？雨雪？夾雜雨雪的陣雨？」她問，自己也停下動作。

「是嗎，也許是小雪？」

「雪……？」

「因為好安靜。是幾乎不算雪的雪，是非常細小的小雪。」

「是嗎。」

「山村有時也會下這種小雪，我們在工作，不知不覺杉葉表面就像開花一樣變白了，冬天的枯樹，真的是連很細很細的枝椏都會變白。」苗子說。

「很美喔。」

「……」

「有時小雪很快就停了，也有時轉為雨雪或陣雨……」

「不如打開遮雨板看看。不就馬上知道了。」千重子說著就要站起來，卻被苗子抱住，「別去了。這麼冷，而且看了只會幻滅。」

「苗子妳好像常常提到幻這個字啊。」

「幻……？」

苗子美麗的臉上露出微笑。帶著淡淡憂愁。

千重子開始鋪被子，苗子慌忙說，

「千重子小姐，請讓我替妳鋪一次床。」

然而，兩個被窩並排鋪好後，默默鑽進苗子被窩的，是千重子。

「啊，苗子熱呼呼的。」

「畢竟做的工作不同吧。住的地方也是……」

苗子說著也抱緊千重子。

「這樣的夜晚，會很冷的。」苗子似乎完全不覺得冷，「今晚，應該會有粉雪紛飛，時下時停……」

「……」

父親太吉郎和阿繁，似乎都上樓進隔壁房間了。他們年紀大了，開著電毯暖床。

苗子把嘴湊近千重子耳邊囁嚅。

「千重子小姐的床鋪已經暖和了，我去旁邊睡。」

就在那之後，母親把隔間門微微拉開一條縫，窺看兩個女孩的寢室。

翌日早上，苗子起得很早，把千重子搖醒後，「小姐，這或許就是我一生的幸福。趁著沒被人看見，我要回去了。」

正如昨晚苗子所言，真正的粉雪，似乎在夜裡下下停停，如今還隱約飄雪，是個寒冷的早晨。

千重子爬起來說，「苗子，妳沒帶雨具吧。等一下。」她取出自己最好的天鵝絨大衣和折疊傘、高齒木屐，交給苗子。

「這是我送給妳的。妳要再來喔。」

苗子搖頭。千重子抓著紅格子門，目送許久。苗子始終沒回頭。千重子的瀏海上，落了一點細雪，轉瞬消失。整個城市還在沉睡中。

# 後記

《古都》於昭和三十六年十月八日至三十七年一月二十三日，分為一百零七回於《朝日新聞》連載。插圖由小磯良平先生負責。

我老是拖稿，給報社造成不少麻煩，小磯先生據說幾乎每次都是沒看過我的稿子就作畫。不過，將《古都》改編成新派戲劇上演的川口松太郎先生也誇他的插畫很棒，想在明治劇院展出，也有很多插圖是根據小說舞台地點的寫生而創作，因此我真的很想在本書也放上那些插圖。

卷頭由東山魁夷*先生創作的畫作「冬花」（北山杉），是昭和三十六年慶祝我得到文化勳章所贈。「冬花」這個畫名，也切合《古都》最後一章的標題，描繪了文中的北山杉。三十七年二月，東山夫婦專程把這幅畫送來我在東大沖中內科的病房。我在病房天天看著畫，伴隨日漸明媚的春光，這幅畫的杉樹綠意也變得明朗。——如今東山先生正在北歐旅行，因此我未經東山先生同意就把「冬花」作為本書的卷頭畫。多少也是想當作我的異常產物《古都》的救贖……

寫完《古都》大約十天後，我就住進了沖中內科。長年持續服用的安眠藥，在我撰寫《古都》之前終於演變成嚴重濫用，我早就想根治那種毒害，趁著《古都》完結，某天完全停止服用安眠藥，沒想到立刻出現強烈的戒斷症狀，被送進東大醫院。住院後長達十天都不省人事。期間，也併發了肺炎和腎盂炎，但我自己毫無所知。

而且《古都》執筆期間的種種記憶多所紛失，連我自己都覺得可怕。我不大記得《古都》寫了些什麼，也無法明確回想。因為每天提筆寫《古都》之前，以及寫作期間，我都吃了安眠藥，在安眠藥的藥效下，我是半夢半醒地寫作。或許甚至可以說是安眠藥讓我寫出來的。所以我才說《古都》是

「我的異常產物」。

因此，我不敢重讀，一直拖延審閱樣稿的時間，也對出版多有猶豫。幸得策劃《古都》上演，並且親自改編劇本的川口松太郎先生，對這部作品的同情與慰藉，我才終於著手校稿。果然有不少地方都很奇怪，前言不對後語。校稿時修改了很多，但是行文的錯亂與荒腔走調，似乎反而成為本作特色的部分，我也刻意保留下來。校正很吃力。不過《古都》和我其他作品有所不同，或許都是拜安眠藥所賜吧。

成書出版時面目一新的是京都腔。我特地請京都人修改過。看到對話全部做了懇切細心的修正，我心想這可真是麻煩人家了，不過能夠改正首要難關的京都腔，讓我安心不少。但也有根據我個人喜好不做修正之處。

在報上連載期間，承蒙京都的新村出老師在《朝日新聞》「ＰＲ版」刊出〈古都愛賞〉這篇大作，是意外之喜。此外，寫信給我的讀者之中有許多老人，於我也是罕事。

小說本不需要作者的「後記」，然《古都》從報紙連載到成書出版經過大幅修改，因此我想記下箇中原委。

昭和三十七年六月十四日

* 東山魁夷（1908-1999），日本國寶級畫家，有「風景的求道者」之稱，畫風靜謐幽遠，給人一股平靜的力量。

〈冬花〉

# 古都

作　　者　川端康成
譯　　者　劉子倩
主　　編　林玟萱

總 編 輯　李映慧
執 行 長　陳旭華（steve@bookrep.com.tw）

社　　長　郭重興
發 行 人　曾大福
出　　版　大牌出版 / 遠足文化事業股份有限公司
發　　行　遠足文化事業股份有限公司
地　　址　23141 新北市新店區民權路 108-2 號 9 樓
電　　話　+886-2-2218-1417
傳　　真　+886-2-8667-1851

印務協理　江域平
封面設計　許晉維
排　　版　新鑫電腦排版工作室
印　　製　成陽印刷股份有限公司
法律顧問　華洋法律事務所　蘇文生律師

定　　價　420 元
初　　版　2023 年 01 月



電子書 E-ISBN
ISBN：9786267191644 ( PDF )
ISBN：9786267191637 ( EPUB )

國家圖書館出版品預行編目資料

古都 / 川端康成 作 ; 劉子倩 譯 . -- 初版 . -- 新北市 : 大牌出版 ,
遠足文化發行 , 2023.01
304 面 ; 13.6×19.2 公分
譯自 : 古都
ISBN 978-626-7191-42-2（精裝）

861.57　　111018712